原來你非不快樂

林夕

enlighten & fish 亮光文化

林夕心簡 | 原來你非不快樂

詩序——「如果說，我快樂在於……」

別不斷問我
快不快樂
怕會猛地驚醒
或開始造夢

不必嘗試定義快樂
或努力區別幸福喜悅高興開心之不同
哲學只能解釋人生
學問不必然創造樂園

微笑不一定來自　拈花
那麼玄奧
哭著哭著就笑了
何嘗不痛快

如果說　我快樂在
不令人難過
也不逃避自己難過
這是目標而不是手段

如果說　我快活在
活在
情緒高高低低間

這是用無數焦慮換來的平和
是為有血有肉的感覺　歡呼
而不是對偶爾無名的不適　投降

不可說　不可說
也說了那麼多
雖然說
哲學只能解釋人生
學問不必然創造樂園
我卻因為
學會問
不到答案
解釋不到人生

所以不斷創造了渴望以至於希望

在樂園外流連忘返
因忘我而開心
為這樣的我而
欣喜
大概　把一滴一滴歡愉串連
就成為有所間斷的幸福
一種追而不求的狀態

每個人最大的欣慰
莫過於任何人不必抄襲任何人
所以　別問我
快樂的定義
昨日是　珍惜還有所牽掛
今天是　無罣礙中無聊而有趣的空洞
空虛中得以容納所有實在
至於明天
明天
不用打算無從規劃
是何等奢侈的被動式自由

別急於問我
快不快樂
你們快樂所以我快樂
我快樂所以我快樂
有些人醒過來所以我安睡了
世界在下雨所以我的天空了
真的
就是如此瑣碎得
隆重
如拈花
將笑未笑

前言——未知苦焉知樂

如果你寄情於許冠傑所唱：「快樂，是回家往浴缸裡的一浸。」擦乾身後呢？那只是用肉身的享受減壓。那是一時的快感。

假若你把快樂寄託於每晚的節目，節目完畢後呢？那是一時高興。樂極不可能永遠忘形。

要是你將快樂交託於愛情，以至結婚生子，那是長期替歡愉幸福賣力的豪賭，付出代價後贏了快活，萬一輸了呢？

即使你天生樂觀到對老病生死視若無睹，總難逃幸福並非必然的現實。

的確，快樂有太多近親，開心、放懷、高興、快活、狂喜、興奮、喜悅，在生活逼人及時行樂的大勢中，很容易令人忽略了快樂的母親，安樂，心境不能安樂，如何可保飄忽無常的快樂？

其實，快樂的天敵比近親更多，不用佛家的三毒五欲五蓋無明又長又深奧來嚇人了，這些人性帶來的，就簡稱煩惱與痛苦。從寫作的思考過程，生活成長的經驗，以及我的信仰，都告訴我，不面對認識痛苦，找到滅苦的方法，就只能靠逃避來享樂，依然與快樂無關。

說白了，這本書沒有列出一千種快樂的方法，一萬個快活逍遙遊好去處。還沒放下心裡的包袱，逍遙得到哪裡去？沒提供心靈的雞湯，湯只能補身，我不自量力試圖扮神農嚐草開藥，所以選擇殘忍地嘗試把這包袱打開，理解痛苦的來源，才能為心把關，只有心無掛掛礙，才能讓煩惱與痛苦貶值到視而不見，才能找回快樂的生母：安樂自在。

再說白點，舉例，關於愛情，因安樂而快樂，就是做到「不錯過任何挑逗，也不為任何人等候」、「不給我的我不要，不是我的我不愛」。

書名叫《原來你非不快樂》，副題該是「得你一人未發覺」。

一念天堂，一念地獄，快樂本由心決定，一如空氣存在，用力呼吸才會發覺，但用力呼吸到喘息，便生了害怕失去之心，執著於快樂，便不快樂。

本書分為八章，小心的是，最後一章講死亡，因為我深信未知死焉知生，正如未知苦焉知樂。對終極結局忌諱，沒有想過探索之後的出路，之前的快樂都是一場快活的幻覺罷了。

可能，這都是講得出還未完全做得到的一些體驗，看完讓大家失望，那麼，在這裡補充一個資料，原來快樂並不抽象，美國威斯康辛州有一間實驗室，採用最先進的功能性核磁共振造影技術，居然能捕捉腦部深層電流活動的微細變化，測出一個人對抗情緒痛苦的能力。實驗中勝出者全是禪修有道之士，我看過他們的書，最重要的得著是：快樂不可能從外境追求，因為現實挫敗難免，只能往自己內在的心修練，才能無敵無懼於外在遭遇。不用找，不要追。

自語——我的快樂時代

該是九五年，曾在報章專欄道：「我寫過最悲的歌詞是原來我非不快樂，只我一人未發覺。」寫〈再見二丁目〉的時候，是衷心覺得，即使原來自己在眾人眼中本該快樂，遺憾在，當事人無知無覺，那對於快樂，還有甚麼希望可言。

時間，是最幽默的，十三年後回看這曾讓我驚心動魄的兩句歌詞，如今看來，竟然讓我對快樂開了竅。

不是因為時間令我遺忘當時的心情，而是在時間中希望又失望又希望，循環往復，終於證明快樂的確不用發覺，是正覺，「原來」兩個字，提醒了我，所謂感覺，是隨心境而生滅，並無絕對的真相或事實的概念，原來為同一遭遇，可以快樂也可以不快樂。

聽聞性格決定命運，所以將自己性格來一次檢閱。自問擁有在世俗主流觀念中認為是優點的一些性格：不惜代價追求理想，意志堅強不達標不死心。加起來，原來只落得個偏執。

有所熱愛，本來是莫大的幸福。但熱愛變酷愛，就成了偏執，酷愛歌詞到對自己殘酷的地步。曾經在車禍後縫了十幾針，回家還是繼續寫；堅強意志，不睡就不睡，換來創作的快感，然後為那快感而不斷追求更痛快的快感，與酷愛別人一樣，忘了以堅強意志跟煩惱憂心不安硬碰，會抵消所得的快樂，其實那也不是快樂，是興奮或諸如此類。與嗑藥一樣，會越服越多，永無止盡，直至效應遞減到因興奮泡沫爆破而失落。

弔詭的是，寫歌詞逼我對感情及生命的問題，為寫得更深入而不斷思考，如何有效地安慰失戀的人，如何讓人把悲傷看透，那過程等於對著水中月，看到自己的影子，那些因執著而生的失望，真如水中的月光，既不是月球，又何必執著於可實可虛的美麗。

要滅苦，先破執，不固執於追求，不以堅強為手段擁有為目標，心才能沒有牽掛，沒有負擔故無重，才能自由自在。所謂心事，不過是不如己意，那就是我執，執著於自己描畫的理想，一有落差，即生煩惱。

現在回看對過去因堅持而收集到的回憶道具，雖然無悔，只是如果能放開一點，實戰經驗其實早告訴我知，沒有壓力隨心而寫，反而容易出彩，越逼人太緊越兩敗俱傷。早點把性格微調，可能，我隨心的快樂時代會得早點來臨。

感謝佛法，讓我知道每個人都是自己心的工畫師，對自身所感，對周遭的環境，既然都源於我見而生出聲色香味觸法，都沒有必然的形態，為何不可隨心而塗改，刪除？

感謝《道德經》的箴言，若能心如流水，流到哪裡是哪裡，隨自然環境而改變形狀，心無所住而不假外求，與自然成為一體，不為擁有而擁有，內心的空間任我行，無需向天問，於江湖笑而不傲。

於此等道理，我還是個練習生，成績大概可以舉個例子。從前越美麗的東西我越想碰，但貪痴的我，摔破了深愛的琉璃藝術品，弄花了如命的傢俱，如今都可以一笑帶過。沒摔破，也不過安靜地存在，少見身外物，更加逍遙。給弄花的，都是時間的痕跡，有瑕疵不等如不美，再完美的身外物，都將消失，看比我的生命長還是比天地長。

萬物溶爛，一念無限，一個人的生命全是因緣和合而成，生老病死出於巧合，喜怒哀樂何必固執，把自己看得太大，在天地面前慚愧猶恐不及，何苦之有。

目次

聽心跳、放下、靜如禪

拋得開、手裡玩具、先懂得好好進睡

仰望到太高 貶低的只有自己

王子挑選寵兒、外套尋找它的模特兒

臉色放在一旁、內心反而寬廣

拈花帶笑、靜默無言

湧湧聲、浪撞睡蓮

人造衛星圍繞這地球、我們卻圍繞著快樂、哀愁

住客、請記得總有某天租約將滿

聽心跳

城下靜姐譯

風景不轉心境轉

一零八二年，蘇東坡途中遇雨，沒帶雨具，常人只有狼狽二字，雨聲打在竹林上發出巨響，不是不寒心的。好一個蘇軾，就這樣寫下宋詞中我的最愛：

「莫聽穿林打葉聲，何妨吟嘯且徐行。」不用不聽，而用莫聽。

不聽，那種堅決，就要運用意志力，跟雨聲抗衡，莫聽，是你可選擇聽，但聲音也只是外物，你的心可以決定聽不到，聽不到，著一「莫」字，境界就從容自主起來。

何妨吟嘯，那何妨也是一派優悠，反正落湯雞的現實無法改變，倒不如吟起當時的流行曲。無法改變的事情，就讓它自然存在吧。

蘇老當時只拿著竹拐杖，穿《倩女幽魂》內那種草鞋，從頭到腳盡濕，沒有坐馬，真是一步一生。但他說：「竹杖芒鞋輕勝馬，誰怕？」從負面自嘲發掘出樂趣，雨中持杖穿輕便草鞋，比騎馬還輕便。

雨停了，金句來了。

「回首向來蕭瑟處，歸去，也無風雨也無晴。」境界較低的是，好了，雨停了，身乾了，雨後自有晴天，做人無需在逆境中頭髮亂了。

蘇東坡卻更通透無礙，雨可以不是雨，逆境中憑心境自樂，於是，晴也不是晴天，萬法無常之變已與他心境無關。

我常常想，萬一時運低見鬼，也會學蘇老，心裡無鬼，於是，看不見，看不見，然後轉身走開，吟嘯：「也無風雨也無晴」。

這七個字的境界，值得我們在無常變化的處境中用來做口頭禪。

心如工畫師

《華嚴經》道：「心如工畫師。」

請想像一個畫家，他擁有自由的意志去畫甚麼。齊白石愛畫蝦，可以想像他的思想慢慢會活在一個蝦的世界裡。一個畫家的心境會影響他題材筆觸用色，從畫作可看出畫家的心靈狀態，如患上躁鬱症的梵谷，他在低落時寫的畫色調都偏向沉鬱，但，最偉大之處在於，在貧病失戀被出賣的絕境下，他依然有很多色彩亮麗的作品予人以生命力的精神境界，他一些誇張的鈎勒用色，是因為精神病發還是藝術手法一種，是個永遠的謎。

但只要看他眼中的星空麥田，在精神病房的窗外看出去依然一片光明。星星發著黃色的光環，沒病沒痛而在雨天下傷春悲秋的人，該不該有所領悟。

既然我們的心有能力決定畫甚麼，像梵谷無視於夜空漆黑的現實，反過來說，外物於我們的衝擊，也可以隨心境而畫成不一樣的畫。

不理想的遭遇，只是外在的環境，心境仍能決定你自己選擇想畫一幅怎麼樣的心圖。

知易行難，但如果逆境沒有改變，就讓心境保持著梵谷的星空吧。

起碼會比較安樂自在點。我們縱不是畫家，但你的心境確由你掃去塵埃的掃把去影響你的悲喜。

只要心靜，世間一切起伏變化，都不過是有為法，如露亦如電，虛幻而短暫，悲歡離合聚散的所謂感受，沒錯會上心，可一個人總該有能力以至修為去控制人最自由的地方，心。

萬法唯心造，其實不難理解與體會。

當無聞事掛心頭

常言道：「心如明鏡臺。」

被人歪曲，誤解，贈以莫須有之罪，扣帽子，並非名人的專利，只要你不是陶淵明，活在塵網中，就有所謂毀譽的煩惱。

那就考驗你的情緒智商高低。現在忽然流行資優神童，IQ動不動就超過130，不知是好現象還是壓力來臨的先兆。歷史上很多天才都有憂鬱症的紀錄，不曉得這是因為高處不勝孤獨，還是上天的公平分配，或是左右腦之不能兩全其美。左腦理性發達，右腦感性卻失控。能力越高，責任越大，壓力越大。

作為普羅庸人，其實無謂羨慕超人。正如人言可畏，別人對你不算公道的評價，甚至是謾罵，只要想，你原是庸人，不是完人的天才，又有何損失？

有些不快的事件，我們縱然一時不能忘懷，我的心法是把它分清楚。這些如塵埃般的負能量，不能忘記，是我們的記性有時不幸太好，但最多只留在腦海，不見得要留在心上。庸人縱庸，總有足夠智商把毀譽得失檢討過後得來的反省藏在左腦，至於心，是要保持乾淨衛生，懂得消毒的。正如神秀的禪詩：「身是菩提樹，心如明鏡臺，時時勤拂拭，何處惹塵埃。」當然更高的慧能禪詩將之提昇為：「菩提本無樹，明鏡亦非臺，本來無一物，何處惹塵埃。」連僕僕風塵都能毋視，連掃地都省回。

腦是用來思考的，心當往無重狀態飛。一如雲門詩曰：「春有百花秋有月，夏有涼風冬有雪。若無閒事掛心頭，便是人間好時節。」

江河萬古流

杜甫詩道：「爾曹身與名俱滅，不廢江河萬古流。」

杜甫幾世前的肉身已滅，那個肉身的詩名，隨江河萬古流。一場地震，連他的草堂也遭破壞，壞了其實也不必可惜，不因天災而毀，也會輸給時間，復修如果能仿真得令過客懷古，何以還不明白真假本無差異？

杜甫留下來的遺產，價值不在於一間供肉眼發思古之幽情的身外物，不在於向聯合國申請成為世界自然文化遺產的景點，甚至也不止於這兩句詩之文字美，而是以十四個字，包含了接近佛家成住壞空的流轉世界觀。成劫住劫，是有情世間的建設的時節，壞劫是各種災害破壞有情世間的時節，空劫是世間消失回到空寂狀態的時節，周而復始生滅有序。故有情世間的文明總有消失的一天，只是遲早的問題。詩聖倘能令痴男女不再執著於草堂的表相，已在早晚會息流的江河中留下善業。

把三國一品再品的易中天，沒有品過諸葛之大智實愚，愚忠於劉姓前皇室的虛名，鞠躬盡瘁於爭奪地盤，既知死而後已，已有的必已焉，又何必執著到機關算盡。縱使他挑錯的接班人姜維，竟能保住蜀國且滅魏吳再亡晉，得享百年基業，又能否萬古長存。火燒更多藤甲兵的命，也不能改變蜀地從川峽四路到簡稱四川在名字上的改變。

二百多萬年前舊石器時代這天府已有人類活動，那些人身與名俱滅，在江河流過萬古，亡靈再輪迴幾度成住壞空，但願終將無憂於須彌山的三千大千世界。消失的，記著了，不能忘，就失而忘。這不是哀悼，而是滅哀之道。

獨恨當時已下山

有誰去過廬山？蘇東坡去過，並且說：「不識廬山真面目，只緣身在此山中。」

總是在言論自由受到威嚇的關頭，才知道任意說話也是一種特權。在眾聲喧嘩的環境下，誰了解胡說八道是種福氣，呼吸到發言的舒暢。

總是在發覺睡床長期只用得上一邊的時候，才體會到有愛人的好處。熱戀之中，誰還去聽情歌。

總是在告別的時候，才發見床單的圖案原來是一朵朵玫瑰。翻騰在床中央，如何遠觀床單的皺紋？

總是在沒有激情下來往，才省悟勉強相愛比孤獨更痛苦。勉強著幸福，如何看見內心的明鏡臺鋪滿了灰塵。

總是在悲哀的時候，才有足夠的距離審視著快樂的條件。樂不思蜀，便忘了自己身在何處。不斷理性地知道當下是如此快樂，就會擔心失去，又如何快樂起來。

總是在快樂過後，紅塵落定，才得到安樂，安樂的時候，才有機會在山腳，看見高處實在如何勝寒，想起一步一生的驚心動魄，照見安樂平和比快樂更快樂。

橫看成嶺側成峰，遠近高低各不同，原來我非不快樂，只我一人未發覺。獨恨當時已下山。

這不是我的眼耳鼻舌身意

很多人怕針灸，並非怕醫生針錯穴位出狀況，而是那如髮絲般幼的針，插在一些皮包骨的部位，例如額頭、天靈蓋、鼻孔對下等等。那根針還要在那纖薄的皮層上轉動，場面也實在駭人而尷尬。

我是接受針灸的常客，但自問已練成了乾坤大挪移心法。

我會想像：我的手不是我的手，我的鼻不是我的鼻，插入了頭皮，在頂上頭髮隨我而蠕動的針，都與我無關。

我的肉身與天地同在，只是一堆肌肉與骨頭。

信不信由你，這樣子出動了形而上的哲學來忘記肉身的痛楚，果真是有效的，比在洗牙怕痛時用力胡思亂想更有效。當然，早年還未與佛道為伴時，洗牙也是用腦袋轉移注意力的方法來忘記正在洗牙。

不過我胡思亂想的範圍只有一個，就是回憶失戀時最痛的經歷，連失戀都熬過來了，這少少痛楚算甚麼？

心痛蓋過了肉身之苦，說深奧一點，是有心忘相，說入世一點，就是我們常用的必理痛：看，地球另一端有多少兒童在戰火飢荒中度日，我們該惜福啊。

不是太早，就是太遲

旅遊就是這樣。在從前的從前，聽見人家小學已隨家人舉家歐遊，那時候，小學生能夠坐飛機算是大事件了，總是羨慕不已。

現在想深一層，十歲未滿，坐飛機不過是虛榮，給你十歲未滿到了水鄉威尼斯，沒有足夠年紀去感受一個不斷在沉淪中的都市，對漸行漸遠的美沒有概念，即使神童般對該地歷史文化讀過了，甚至連《死在威尼斯》都看過了，但消化不良，去了也是白去，最大成就不過是留影，到此一遊。

可一旦到了要上班辦事的年齡，對世事該充滿好奇，體力最好的階段，旅行又變得很奢侈，受薪的每年有薪假不外乎十多天，每年去一到兩次短途便把假期報銷了，一年用盡兩星期去歐遊，周遊列國也只是走馬看花，連在國內來一次我最想的佛像名寺遊都不上不下的，未能盡興。

不是太早，就是太遲，到了退休了，財力與閱歷都最理想的時候，體力卻開始走下坡，別說七老八十，慚愧點說，我現在出外，有時巴不得最好的節目就是留在酒店床上看當地電視節目，算是了解當地的補償。沒法子，體力差，每次出擊只能持續三小時左右，便累得賊死，必然要回到酒店把身子平躺一下才成。何況，年紀越大，又有可能對很多事失去了好奇，覺得佛光與北極光也不外如是，因為代價不菲，我在黃山還沒有吊車時上過去三次，都是要命之舉，想起將來很想上的華山峨嵋山，累從中來。

心痛蓋過了肉身之苦，
說深奧一點，是有心忘相，
說入世一點，
就是我們常用的必理痛：

看，地球另一端有多少兒童在戰火飢荒中度日，
我們該惜福啊。

拋得開手裡玩具

先懂得好好進睡

安樂與快樂

老子道：「寵辱若驚。」

得到樂迷寵幸怕有天失去最受歡迎獎，得到羞辱嘲笑怕永得不到翻身的一天。既然寵辱都帶來壓力，寵辱也就並無分別，不如心靜如山，繼續讓樹木自然生長。其實我想引申這句話到股票，升跌賺蝕皆驚。

恆生指數在消息滿天飛，大行朝秦暮楚下唱好唱淡忽高忽低。未止賺的散戶看著自己手持的股票天天創新高，該相信有止蝕沒止賺的理論，還是怯於格老的中國股市非理性亢奮言論下拋售本來打算長期持有的優質股？帳面越賺得多，越擔心位高勢危放得太遲。坐艇者在高位接貨一個下午已成羔蟹，該博反彈還是壯士斷臂？死守怕失掉換馬的時間機會，大市再下跌的時候沒有資本入市報仇。但，又想起四叔的話，別買來買去。全都是兩難的決定。

股價總是在人心的貪婪與恐懼間流動，短炒者是沒有可能安寧的。全民皆股，全城投入賭博，無論賺蝕，都不能彌補心大心細帶來的焦慮。炒即日鮮可能有機會贏多過月薪，看不起自己本來的職業事小，但內心經歷的驚濤駭浪，卻非抽中一股阿里巴巴可以平伏。

與其因這樣而誘發癌細胞活躍，倒不如豁出去餐餐吃肥牛肉好了。不能做到恆生指數崩於前而不變色，就不要學人親自邊上班邊理財。賺回的高興，與快樂無關，更何況，安樂比快樂重要。

李白的理財哲學

詩仙被翻案成為愛打架的流氓，不過即使李白是位惹事生非的劍客又如何，反而更鞏固他率性的形象。大概沒有人會忘記他人生得意須盡歡的及時行樂哲學，天生我才必有用的自信，千金散盡還復來的理財之道。

老外有一種頗有市場的用錢智慧，一個人臨死時剛巧花光所有錢是最划算的。連一分錢都沒有帶進棺材，真是物盡其用。中國人儲蓄率冠全球，且慣將資產留給下一代，李白也是中國人，卻有著得意須盡歡的豪情。

管它，莫使金樽空對月，錢花了再算，樓宇按盡又何妨，次按累及全球又何妨，因為高堂明鏡悲白髮，朝如青絲暮成雪，如周星馳說，時間是不會等人的；將進酒，杯莫停，正如我老闆語我，人在天堂，錢在銀行，在銀行的錢，不花白不花，有盈餘的數字，不化為消費，那數字再多，也只能淪為心頭那一點點不必要的安全感，讓老來晚境不那麼淒涼？

曹操說：「對酒當歌，人生幾何，譬如朝露，去日苦多。」古來聖賢因機關算盡而寂寞。忽然民主，忽然死亡，要有多潮有多潮，無常之死亡忽遠忽近，不及時做喜歡做的事，將面對奔流到海不復回的遺憾。

我們擁有的　多不過付出的一切

欠債，是要還錢的，還不來，一是當初高估了還錢的能力，二是借錢時已心存僥倖，是拿去本來當投資後來變投機而失敗收場，三是想做個有求的李白，把理財浪漫化，千金散盡還復來，先花未來錢。

信用卡，本來不該用來七個蓋應付十桶水，圍魏救趙終有城破一日。信用卡有信用二字在前面，發卡機構為了做生意，對任何人的信任都濫得很，否則全世界儲蓄率最低的美國何來次級按揭危機？

人家信你是很兒戲的事，最重要的你自己刷卡的時候，能不能相信自己的還錢能力。如果用錢之後打算付高息把債項越滾越大，這樣的話，請剪掉你的信用卡，因為你連對自己都沒有信用。視信用卡為一種比較方便的付款方法，才不會成為一個次級的欠債人。

生意人，以至全港業主，誰不是有債在身。但賭博時的注碼，買股票時的本金，要預了輸光也不會影響最起碼生存的能力，借購物減壓，仍懂得衡量是否有能力發洩得起。頭腦保持通透如水晶，知道一時的滿足會成為長遠的負擔，明白摸著名牌的標誌減了一天的壓帶來幾個月的更大的壓力，那麼，就不必產生情與義真能值千金的念頭。那麼，也不必找「明愛向晴軒」智慧理財及債務輔導計畫。

理財其實不一定需要財技，只要對自己的慾望負責，沒有條件做李白，便不要以為人生得意須盡歡，對不起，未得意前預支狂歡，倒不如學會另一種得意，有甚麼比無債一身輕更得意？

家徒四壁的確在畫面上很淒涼，冷氣壞了不夠錢換，汗如雨下，的確在生理上很辛苦，但超越還錢能力地借借借，借來一個讓肉身舒服的美夢，卻在心頭埋下沒有氣力財力挪掉的石頭，憂心地快活著，自會明白在風流快活與自在快活之間，有天淵之別，可惜的是這種分別，要以身犯險又險裡逃生才能體會。安樂比享樂更重要，可能真需要在恆生指數的大起大落中坐了艇才甘心相信，仍然不甘心不止蝕，便會翻船，最後會如李白淹死。

殘忍點說，不能像李白呼兒將出喚美酒，就只能做憂患意識纏身的杜甫，是不夠灑脫有型，但起碼不致債務纏身。

假如買不起一個高清電視彌補失戀之苦，清高點買本《莊子》看一下更能放下前度的陰影，假如去不起歐洲獎勵自己半年無休的辛勞，去一次米埔觀鳥更會發現錢除了買到享受，最重要是買到將來選擇的自由，假如不知道所有衍生工具都是交易所衍生更多利潤的工具，不堪周一至五、十至四帶來的刺激，何苦借錢買甚麼權證，末日輪終有天為貪婪者帶來末日。

美國有權不斷無償地印美金，引致天下的假李白損手，損手而不致傷心傷身，才是真李白，即使你不夠高瞻遠矚先天下之憂而憂如杜甫。

誰都很想富有，誰都不必富有

有團體竟然要為股民舉辦「如何檢查情緒」講座，並且出動到輔導員、精神科醫生，顯見有人擔心港股Ａ股化，一張看不起內地股民的嘴臉，其實都是彼此彼此。所謂病態股民，特點是借錢炒股，全職炒股，萬料不到其中一點是「擔心不買股票會被人取笑」。

我只認識一些看不起別人沉迷股票的人，倒沒聽過有人會嘲笑別人不沾手股票的。是怕沒有共通話題的話，那簡直是香港的可悲，社會那麼多問題就不能成為話題？必然要以股票代號像摩斯密碼般交流，才有同道中人的身分，不落後於潮流的地位？怪不得很多電臺問股價節目，主持人都滿口658目標價如何如何，好像不知道658是甚麼公司的都沒資格聽這個節目。

這幾年牛市發瘋，以庫房收入視為經濟指標的話，真的好像繁榮得不得了，但人盡皆知，在這場「瘋牛症」中得益者不過那幾個行業，隨著人命越長，擔心衣裳越薄，單憑那追不上通膨的薪水加幅，漸往下流的中產如不懂理財，不會給人取笑，不能做到退休後維持小康水準的生活。

問題是，理財與炒股票是兩回事，你買權證，等於去葡京，是那門子的理財？從目前權證成交額佔正股的比例看，股民確實都是在賭博。看，有精神科醫生就有個憂鬱症病人的病例，當股價大升的時候，病情就有所好轉，近日股市反覆無常，病情就再起變化，大抵生趣也跟大市一樣缺乏方向吧。

病態股民到了這個地步，該是檢討一下自己投機業績的時候了。虧的真是賠了夫人又折兵，即使是賺，每個人都有個價，提心吊膽會賺一億吧，還划得來，一般人有這第一桶金嗎？對不起，有一億的人是不會這樣炒來炒去的。

假如只賺到可以奢侈一點買一批心頭好，那又有沒有計算過付出的心血、精神、壓力、情緒犯不著的起伏，賺到了價位，蝕去了千金不換的健康及真正的生活質素。只懂計較波幅而不曉得計算得到任何東西所需付的代價，都沒有資格投身股海。

怪只怪大家都隨四叔指示策略及推薦股而起舞，卻忘了李嘉誠最讓人聽不入耳的四個字，量力而為。

量力而為，的確是把投機修正為投資的真言。財不入急門，把不急用的錢不急不忙在合理的價錢買入一些有實力的股份，在升升跌跌中戒急用忍，過山車飛馳中而不變色，明白投資是講三四年甚至十年的，請做到這樣，才學人講理財。

怎能想像你最關心的是中電訊主打農村成效如何，中石油好還是中石化好，慢慢不懂欣賞《色．戒》的能力，只在乎那幾場床戲，你的精神不出問題，你的精神生活又何在。今天你賺了些明天的生活費，卻糟蹋了當下的人生。這條數，比內房股前景易計得多。

任何售價不買都便宜

常言道：「人為財死。」

股市一個上午下跌千點那天，想必不少人死了很多細胞。之後V型反彈，又讓不少人因後悔沒有趁低吸納而心痛。之後每天單日四五百點反覆上落，那些波幅一如輻射，會得影響股民身心健康，情緒智商低的人莫短炒，我想這是李兆基忘了給股民的忠告。

按理，投資是一種絕對理性的行為，別跟股票產生感情，老早定下了止蝕位，本該如一個冷靜的會計一樣，事不關己地像為別人買單計數，那只是暫時的盈與虧的下跌，別看成得失，該比較自在。

沒錯，不管慣於見風轉舵的美林說現在是港股最光輝的時期，也別忘記國泰一星期前被推薦買入，七天後被同一評級機購建議賣出，觀望金魚缸中倒映出人生般的無常。

無論有否通膨，讓平民每月辛苦儲來的薪俸貶值，今時今日學懂理財你才會有機會賺得第一桶金，作為首付，掌握改善生活的方法。

你以為跟巴菲特長期持有一檔股票，再聽老曹曹仁超❶所說不止賺才會發達，問題是股票市場今時不同往日，上市公司的價值早已給遺忘，價格長升長有很容易令你認為有買貴沒買錯，忽略了那個價錢已反映了幾年後的前景，眼光不及股聖，不止賺便被逼變成長期持有，由投資變成坐著挺投機。這是我作為小散戶的感慨。

工作已經受夠了壓力，理財理得全情投入，晚上看完美市早上在公司偷偷上網跟價位坐過山車，按亦舒的說法，是會生癌的。

❶《信報》專欄『投資者日記』的作者。

足夠，便足以忘記

當我知道在古巨基這張專輯要寫一首關於錢的歌，便感到又一考驗要來臨。當下貧富懸殊，再說甚麼金錢萬惡的過時觀念，虛偽之餘更帶點風涼，對四百呎住上三代同堂的人來說，社工也不會勸他們錢並不重要，快樂才重要。

所以得小心翼翼，既不能為金錢掛帥的風氣火上加油，又不能對為供一塊塊落地玻璃而活得壓力纏身的中產，說金錢太多會無益，問問他們，有一大筆錢給他們即時把樓契贖回，能不為五斗米折腰，快不快樂？

連愛情都與金錢掛鈎，這是實情，不提那些男方賺得比女方少的話題了，試想想失戀之苦，佛家所謂愛別離，但於寧靜的中央冷氣在自己一間房內哭泣，比起在熱如洪爐中邊打鐵邊懷念，還可以堪稱舒適地痛，也比一家多口，擠在狹小的廳房間，要強忍眼淚來得幸運，連悲傷都得不到自由，錢不夠，淚腺發達只會再犯上佛家所謂求不得的痛苦之源。

我所寫的歌詞，是一個由捱窮時需要錢，錢成為他改善生活的上進動力，到成為巨富，錢迷心竅為賺錢而賺錢，方發覺離開了的愛人捱窮時的日子也值得懷念。老不老套？也只能寫到這樣了，再寫實，我不如勸人去做和尚過苦行僧的生活好了。最後結論一句是：錢能改變宗旨。其實我覺得很造作。反而其中一句，錢難收買睡意，比較符合真實。

幸好專輯中另有這首歌的延伸篇叫「十蚊雞流浪記」，講出了夠安分的話，錢可以幫你，貪心的話，錢便可以主宰你，夠好心錢更可以救助天地，但願別為錢而憂，亦別獨獨為錢而喜，足夠，便足以忘記。寫完之後，天啊，終於寫出了我想寫的，對於錢，足夠便該忘記，不夠錢當然是負擔，對怎樣多賺錢或管理錢也是種負擔。

不過每個人對何謂足夠，有不同定義，或，計畫。

最近認識一個朋友，做到很高的職位了，但沒有興趣理財，即，與投資絕緣，一直只租房住，卻已足夠附庸風雅，在屋頂種睡蓮，養芒果樹，愛看書，而書與睡蓮，花得了多少錢？這就是足以忘記錢的榜樣了，活生生示範了我在千嬅「大傻」裡最後一句：誰都很想富有，誰都不必富有。

至於我，總是記住星雲大師所說的取財有道。這個道，我的理解並不止於正道，而是知所行止。代價太大的錢，情緒成本太高的錢，不賺也罷。所以當恆生指數在次按炸彈與中央政策未明中破紀錄時，我放了可以持有久一點的中移動止賺，也放了受油價影響經營水準未明的東方航空止蝕。

是的，我愛買賣股票，贏了點錢歡喜半天，虧了點本即時唱「約定」：要決心忘記我便記不起。我貪不貪，我貪，貪足夠的財力可以換來自由與時間，惟幸我也可以不貪，也不是沒有睡過三層高的鐵架床其中半層。常提醒自己，苦幹這些年，不是為了要得到甚麼，而是在乎做過些甚麼，即使失去漸漸成為負擔但又美麗的身外物，有書給我看就可以了。

車會駛進月臺

讀蘇東坡的生平及詩詞，是減壓的良方。

蘇軾仕途一生不得意，但豁達依然，常與和尚來往，以禪詩過招，快活煞。中三的時候，已最愛他的兩句詞：「回首向來蕭瑟處，歸去，也無風雨也無晴」。

那時當然未能體會也無風雨也無晴，只覺文字的魔力無邊，到真正被大雨淋濕過頭後，才發覺頭總會乾的，要回首，一般說法是我們要想著開心的部分，老記住不快的回憶是我們自找的劣根性。但蘇東坡更高，不但沒有了雨這個概念，也無所謂天晴。風雨晴朗都沒有分別，所以說也無風雨也無晴。司徒華先生每年都會寫揮春，今年他就選上這七個字，表達了他一路崎嶇走來依然無礙於際遇的澄明心境。

東坡居士另一絕句是：「但願生兒愚且魯」。主流思想單一化的社會價值觀，家長望子成龍的多，否則賣房廣告不必加上校網做為招徠。只偶爾聽過有家長祝願下一代能快樂成長，絕到希望生下一個又蠢又鈍的兒子，卻聞所未聞。可是，一想起渡邊淳一在「反常識講座」所提出的鈍感力，有時是對抗逆境的良方，不禁又覺得蠢鈍不一定輸給聰敏。

要那麼聰明敏銳幹嘛？精於看透別人的眉頭眼額，自不然也學會了應付之道，擅長胡思亂想，談起情來更不幸，愛人一秒鐘的沉默，換來自作聰明分子幾千念頭電轉。

天生對一切感覺敏感銳利，除了有助於成為一個創作人之外，實在想不到還有甚麼優惠，敏銳，最大的福利是傷痕特別難以消散，無端端下場雨，又聯想起撐過雨傘的場面之類，誰沒有與愛人分享過雨傘？一下雨就新愁舊愛如潮湧，想深一層，真的不如生來鈍感過人，翻風落雨，最好打場麻將，而且是章低與高那種，因為愚，不必費煞思量釘下家，不必怕打這隻可能出沖，聽這個有幾成機會，隨意順性而為，享受盲拳吃和的樂趣。

如果三分本事七分運這說法成立，苦苦練就那越來越深的城府，原來就為貪那三成的優勢，這條數，划不來。玩遊戲如是，做事其實也一樣。

從前的從前，常為愚且魯的人動氣，這個看不起，那個又為他可惜，且經常拿一個天平，恨員工蠢多些還是憎他懶多些。直到現在，才相信個人自有個人福。不夠聰明的人，損失可能只是不能像沈思鈞一樣九歲就讀大學，不能從一粒沙中看世界，於其快樂與生命意義絲毫無損，至於懶，相對於蠢的可惜是有能力而沒有盡力發揮，與所謂大成就擦身而過，但那是順其性而為的選擇，只要能懶得起，甘心承受懶帶來的後果，且樂在其中，又何妨懶一點。

看我們所謂玩，玩大老二時算著如何可以炒人，去旅行時滴水不漏的行程買盡一切吃盡一切，連玩都勤奮到這個地步，教人如何不羨慕懶的福氣。

捨了風景得心境

常言道：「心靜自然涼。」

每次到北京，總打算擠點時間參觀新建成的美術博物館，北京友人都說非看不可。可每次行程緊密，這次離港班機是晚上八點鐘，中間夾著一個網上訪談的安排，方案一是把另外一個當天截稿的專欄在飯店寫，然後犧牲一頓每次上京必吃的水煮魚，該可以騰出一兩小時速逛美術館。另一方法是先去博物館慢慢飽覽再算，然後可能在人家網站的辦公地方寫，再傳回香港。

該用哪個方案，一遊心儀已久的地方？越想越急躁焦慮。心亂如麻，想到焦慮症差點要復發之時，忽然想起心安自然理得，就放下水煮魚及博物館吧，雖然不大相信甚麼以後機會多得是，我相信愛得太遲與無常，下次來又一定有其他要去的地方。

但當下，最讓心境平靜的做法，是把那稿慢慢悠然地寫好，個半鐘後，稿子發出去了，之前擔心交通擠塞去到博物館只能走馬看花，在新浪趕稿後上次傳送時發生的困難，都霎時消失，不去就不去，體重像輕了十公斤，還有時間泡杯茶，抽根菸，看看中央臺講奧運的保安預備功夫，真正心安理得地等上新浪辦公樓。

本來覺得那飯店房間布布置俗不可耐，但肩膀不再綳緊，心頭沒有大石，捨了風景，得回心境，牆上的掛畫越看越覺俗得有趣，當下的沒有去過的美術博物館，可能比不上在那小小房間好看。常有人問我「心如工畫師，能畫諸世間」該怎麼說，說到再玄都得不到點頭微笑的反應，不如就以這經驗共享。

仰望到太高

壓低的只有自己

摘星危害健康

《斷背山》主角 Heath Ledger 二十八歲便死去，震驚世界。

如果不能讓一個好演員白死，我們在可惜之餘只能在他早夭的演藝生涯中，看不到他的戲，看到多一點自己。

Heath 患有焦慮症，一點也不奇怪，即使他的腦分泌沒有失衡，以他的性格，也會焦慮到憂鬱，跟快活長期保持距離。

從事演藝界因為起落太無常，從來沒有保障，故特別容易迷信之外，一天留在這個圈中，就一天有壓力隨身走這條路。一般演員的壓力，大抵來自紅與黑：黑的渴望紅，紅的擔心這部成功，下一部能否紅下去，但 Heath 的情況更複雜，在拍斷背山之前已有報導評論他對自己的事業有自毀傾向，他在成名演技大受好評後，非常不快樂，並非怕無以為繼，而是發現這並非他想要的快樂，商業上的成功令他很不自在，故選擇藝術上成功而不惜票房敗北的，最重要是他自己所說的，覺得自己的演藝生涯控制權不在自己手上，常常想摧毀已有的成就，再由零開始。

這，真是藝術家獨有的煩惱。對自己的要求這樣偏頗，給很多人在商業上成功，慶功宴喝到失儀，賺到第一桶金後已大舉變型為半個地產商了。

世界就是這樣公平，或是不公平。對自己要求越高的，越不快樂，得過且過的反而生存得肥肥白白。對演藝不執著的，目的只為在這圈中能賺快錢，經歷過在圈中必然的辛酸後，目的達到便安享人生。

世俗的天平卻總是歌頌有所謂理想的一群，最好為藝術生為藝術死。堅持理想是如此漂亮的一個說法，可是堅持會演變成偏執，既然說得上是理想，而不只是希望，當然不是輕易能達標的。

從小我們就被鼓勵做人要有理想，彷彿這樣氣質才夠高尚。還得看你的理想是甚麼，如果你在作文課〈我的志願〉寫我要做一個戲院帶位員，因為可以免費看很多電影，你會被視為不夠志氣，如果你的志願是要賺大錢擁有一個商業王國，你會被視為滿身銅臭，拜金主義。理想，總是要動聽得像摘星一樣浪漫，有點遙不可及才讓人看得起。例如最常在訪問看到的，開一間在海邊的餐廳。幸好說的人或許只是說說，如果來真的，執著到成為心魔，那真是自討苦吃，向海地值多少錢？

另一個會累死人的流行術語與理想不相上下，就是自我。而這兩種堅執，在Heath Ledger身上都上了腦，不倚靠安眠藥進睡才怪。幸好大部分人都是上班族，最理想只是比較簡單的升職加薪，無論需要多久時間，起碼方向明朗，不會覺得控制權不在自己手裡，就會迷失自我，在排隊等升職的人潮中安分守己，有時妄想一下理想，隨即繼續以吃喝玩樂為生活主題，無疑是比較平凡。

舞要舞出我天地，在全場感性的掌聲中出字幕，忘記了一將功成萬骨枯，追求完美挑戰難度失敗的過案，誰拿出來研究過？適可而止知所進退有自知之明，的確十分俗，在俗與優質睡眠之間，如何取捨，看每個人的性格，而性格決定命運。

都是勵志片惹的禍

加油加油加油加油再加油，難怪油價屢創新高到全球局勢為此付出沉重的代價。要對抗挫敗，實現理想，少不免要加油，一如城市要進步要建設，也要加油，耗用能源，美國很多耕地讓路給玉米，玉米提煉乙醇繼續替夢想加油，而雞的飼料都拿去了做建設的能量，糧價怎能不升。這是一個用更上一層樓來掩蓋另一層樓倒塌的典型，忘記了退一步來平衡進不了一步的遺憾。

加油加油加油加油再加油，在勵志片中還聽得少嗎？正因聽得太多，永遠讓意志拉得如繃緊的橡皮條，睡著了也得在額頭戴上寫著「必勝」二字的布條，一往無前鬥志如軍人許勝不許敗。不知道這算不算看得太多勵志片的禍，不知不覺中了糖衣毒藥。那糖衣，在於勵志片賣座的方程式，總是有一群斜陽裡氣魄更壯的熱血青年，以身處弱勢之姿，向逆境挑戰，劇情安排，如果是一隊球隊，總是先來吃幾次敗仗，然後高潮建立於逆反勝，斷不會有多番加油加油加油加油再加油後還是戰敗收場那麼掃興的。

十個撲水又跳水的少年、《少林足球》、《功夫》，舉不盡的例子，特別是《舞出我天地》，假若那小孩最後失手，真是情何以堪。

勵志片當然功德無量，可別忘了好心有時會做壞事，壞在沒有一套勵志片會以百鍊鋼的堅持下仍然以落敗為結局，並描寫出失敗者如何調息失望的心態。事實上更感人的真人勵志片滿布現實世界，同時也有無數更有深度但也殘酷的屢戰屢敗的故事，這些故事教訓我們敗部復活是需要加油的，但許勝而不許敗，實在強人所難，為自己製造不必要的麻煩。現實有時的確不為人之意志所能轉移，不是以逆轉勝為口號就能創造奇蹟。

結局必勝的勵志片，麻醉了我們的神經，亢奮得忘了為失敗做好心理準備，忘了鋼鐵意志的極限，需以柔性的力量去互補。太多這些聽來鏗鏘到讓人雄起來的醒世恆言：在哪裡跌倒，就在哪裡站起來。堅執淪為偏執，在乳酪的戰場上跌倒萬一在原地站不起來，何不順勢走出另一片草原，見識過大自然的力量後，能低頭承認反省人的渺小，何嘗不是值得歌頌的勇氣。

奧運最好看的可能是劉翔再破四年前紀錄，衝過終點的一刻，更值推薦的卻是一個美國人拍下的奧運短片，專門紀錄跑輸了的「失敗者」如何自處的畫面。

是的，向夢想出發，我們要加油。但我們的意志一如地球，石油的存量有個極限，無論用甚麼能源替代，都有代價要還，直到因無止境的慾望而枯竭。逼得太緊的鬥志，也終因追求而造成亂局，亢龍都有悔，未學行先學靜坐，韜光養晦，加油不忘中途會缺油，要練習步行的預備動作，勵志片必勝是必然的結局，敗部復活出於因緣和合的偶然。子非劉翔，焉知劉翔之苦。

堅強的迷思

曾任香港政務司長的陳方安生在三八婦女節推薦減壓方法，是大哭一場。

如果我們信人是由經謹慎設計創造出來的，眼淚基本作用是眼眶的清潔劑，那為甚麼會有眼淚可證明悲哀不是幻覺這說法？西方講腦，東方講心，心傷了會引誘腦發出流淚的指示，玄得很。

我用引誘二字，是想說，我們有時是可以控制住腦，不讓悲傷放肆，除了專業演員，淚，也不是說流就流的。只是又實在找不到強忍悲傷的理由。要強忍，不如使用脫苦三步曲，面對，接受，放下。

要面對，有時著實對眼淚無能為力，認為在大庭廣眾哭是失禮的話，別聽孔子的話，在獨自的時候何妨不那麼謹慎，大哭一場，有經驗的人都知道是很耗精力的，然後會很累，再而很睏，失眠也不那麼容易。自我發洩情緒是良方，難道處理心事還得開會？

用理智解決問題在情緒平復後才有效，所以最不同意別人一看見有人哭，就第一時間表示關心，撲過去掃背，別哭，別哭，然後講一些比公民教育更無效的話，好心做壞事莫過於此。我卻總是惟恐天下不哭，說，想哭，就盡情哭吧。

男兒有淚不輕彈，英雄流血不流淚，放過我們吧！不人道的堅強。這些叫得響亮的口頭禪，都不知算是香花還是毒草，多年來不知鬱出多少憂鬱病。

人望高處

逛書店偶遇一本書叫《退步集》，光看書名就拿進貨籃車中。

原因是坊間太多叫人進步進步進步的書籍，《巴菲特給青年的九個忠告》、《處世大全》，看著就叫人累，連推崇無為清靜的《道德經》，也在進步為做人必然的主調下弄出《老子謀略學》、《老子處世真經》，老子在天有靈，說不定氣得有為起來為《道德經》親自註解。

沒錯，從家長到學校到社會，都教我們要向上望，要進步，學這個學那個，終身學習，可是，大部分人都患上這個進步強迫症，忘了順其自然讓目標若有若無，壓力就是這樣改變我們的腦分泌，不焦慮才怪。

有時我們會說，某某的作品退步了，隨即為之慨嘆。對當事人來說，退步又如何，退一步想，沒有了要進步的壓力，說不定就是更進一步的動力。當然這樣的說法依然是從功利的角度出發，我們總忘了有時懶一點更好，蠢一點更快樂，知少一點心境更澄明。

不斷強調要進步才是唯一的做人標準，會讓我們忘記甚麼叫知足，而知所進退把需求降低一些，自然能夠瀟灑些。瀟灑，這兩個字好像只出現在八十年代的歌詞，久違了的一種生活姿態。

其實，一般所謂進步，無非是職位、薪水、手藝，可是你一生路線圖只是進步，心理健康卻暗裡正在退步。人望高處，望已經夠痛苦，到了高處就捨不得不再往高處望，退步，又何妨。

水向低流

「仁者樂山，智者樂水」，還未弄得懂仁者為何如山，智者若水的境界，卻羨慕不已。

天大的失意，失戀，如頑石沖來，如果能夠做到水般輕柔，擊起一陣浪花就回復原貌了，水的靈活善變，減少早晚終將磨蝕的執著。天大的衝擊，也一樣敵不過水，有誰犯你，如水般溫柔待他，即使一時未能將鋼鐵氧化，將對方敵意感化，好歹都把自己看得如水般滑溜避過鋒芒，讓碰撞減到最低。

一如手持好股，不二法門是鬥命長。水總有一天會把岩石磨成細砂，不爭一日之長短。在辦公室被鬥過的人，該明白我說甚麼。鄧小平三上三落，就是如水的韌性，潮退時不介意居下，潮漲時才擊起千重浪。

水向低流，不介意處於低位，但多少輕舟就靠它過盡萬重山，而水從來不可能往上爬，不居功。這令我想起在慈禧身邊的恭親王，一身才華，每次功成後都知進不知退，不能做到曾國藩般自釋兵權，自然落得惹來猜疑妒忌攻擊，終不能成大業。水翻起後變回原狀，對任何人都沒有威脅性，沒有人可以捉住水，水卻總是順著勢而流動，去到哪裡是哪裡，不是不逍遙高貴的。

《道德經》五千字，最中我心就是「上善如水」四字，故買了三支沒有喝的日本清酒放著當座右銘，宣傳單上就是「上善如水」四字。

一追再追

王之渙〈登鸛雀樓〉詩道：「欲窮千里目，更上一層樓。」

有誰不捨得往上爬，有誰不見香港國金及臺北一〇一大樓的除夕煙火有多炫目。只是，一層一層的爬樓梯，勞累一場以後究竟想看到甚麼風景。

無時無刻聽著領導人曾豪情壯語，要超英趕美，要香港成為亞洲的曼哈頓，一時又心虛地擔心給上海取代，再而警告快給邊緣化了。

於是，有時會不負責任或不帶包袱地想，成為中國另一城市又怎樣，無論是國際都市或是小鎮居民，活著，理應只求生活愉快吧。正如生日聖誕新年總是祝人愉快，幾時聽過有人祝你的城市成為成交額最高的金融中心？

看得太多城市的比較報告，競爭力，最適宜旅遊的地方，不禁厭倦了這種其實於我們生命意義無關的數據。城市與城市為甚麼必須要競爭？如果我們對遊客文明禮貌，不過是念在外匯的增長，即使成為最佳旅遊城市，於我們的生活情趣又有何增益。

廣東省新話事人汪洋一上場，即揚言要放眼國際，要讓廣州深圳跟新加坡首爾看齊。我不明白看齊的定義。是GDP，是人口，是文化，是廣州也拍《大長金》，是志在深圳盛產蔡健雅還是出幾個李光耀？

城市不是該保持自己獨有的特色嗎？所謂全球化已在消滅弱勢文化的情趣，如果還是抱著單一的經濟進步觀去超這個超那個，活該我們只能在沒有分別的大型商場中逛一式一樣納得起租金的國際大集團的名牌店。

一追再追，最怕只是上了很多層樓之後，並沒有帶來更高的視野。

天下莫柔弱於水，而功堅強者莫之能勝

有學校找中原地產施永青先生演講，講題為「知難而進」。深受老子思想影響的施先生覺得很為難，因為這有違他做事的哲學。因此把題目訂為「知難而退」。

施先生認為知難而進，就是跟自然之道作對，解決難題的方法，他會選擇另類或較易的途徑，一樣可以達標，而不是盲目奮進，大意如此。

長期跟他拗氣的王文彥先生，則列舉很多先賢的名句和事蹟，表述能知難而進才是成功之道，世界多少偉大的建樹都因為這股明知山有虎，偏向虎山行的勇氣而得以成功。

這番爭論，有謂也無謂，條條大路通羅馬，最重要是所講的難，是關於哪方面的問題，如果是感情問題，你知難而前進，前進，前進，最大可能是逼得太緊對方走得更快，對於死纏爛打這策略，我一向屬於悲觀者。只知天地間有無可選擇的親情，合則來不合則去的友情，很少聽聞有勉強的愛情得以歷久常新。

如果是做事方面，無論進與退都只是手段，與有沒有勇氣無關，有時退比進還需要更大勇氣。

這讓我記起董建華說過的，繼續留下來比退下來更需要勇氣，那時香港集所有難題與災難於一身，而以他的能力，要把難題迎刃而解，卻是知難而不退。讓人叫下臺叫啞了嗓子，也的確是他老人家有著無比的勇氣才肯捨棄湊孫子的家庭樂，精神可嘉。至於陳水扁，知難而不肯退，居然又給他挨了過去，在高雄市長選舉也沒有連累民進黨。

說到勇氣問題，退有時並不表示缺乏勇氣。這個世界確實存在一些不能憑你良好的意願，持劍般的勇銳，就能解決得來，進需要正氣、膽量、聰明，但能夠解決當年高地價政策遺留下來的港人住屋問題嗎？知難而退，所需要的反而是大智慧，忍一時之氣，甘受甚麼都不做的指責，讓市場去做決定，只要有安全網，沒有人買得起的房子，自然有價無市，空置率需要利息去支撐，時間自會讓價格回落。這種退，也是需要勇氣的。尺蠖之屈，以求伸也。

不如不講眾人之事，講個人的事。多少墜樓的人原來有時是為了沒帶鑰匙回家，或者想拿回一點東西而做出超危險的動作。你很心急買一部醉心的蘋果電話，不惜犧牲中文訊息的樂趣，進取得要買水貨，這就是為了進，反退而求其次。

只可惜，傳統心態總認為天下最有骨氣勇氣就是直攀天梯，視之為唯一的正路，以獲得最難得的為成功的定義，忘記了退而不取，捨得得不到的，也是勇氣的表現。

老三的哲學

很多人都理解做老二的好處，星雲大師就有一本叫《老二哲學》的筆記。

做老二比做第一還好，其實很容易明白。能力越大，責任越大，連睡覺都不能比老二甜。職位越高，薪酬越高，壓力越大，也越容易給幹掉。高處何止不勝寒，從高處掉下來也比從山腰滑下去尷尬。下墮的衝力大，要保持優雅的姿態也不那麼容易。

人道一點看，普丁故意選出一個不濟的接班人做總統候選人，然後提早宣布要當總理，將來以強勢總理開簾聽政操控總統之意甚彰，也實在有其苦衷。普丁嗑了太久的權力春藥，故也不顧得蒙上把民主制度玩弄於股掌之間的惡名。

這正是做第一的最大苦惱，你以為普丁將來真的以名不正的身分執政會快樂嗎？他會高興，亢奮，意滿志得之中帶著不滿足。對不起，這些都與快樂無關。

我們常聽到的一句話，拿得起，放得下。知易行難的這句話，對於老五老六或根本不曾擁有過大紫荊章❷的人自然能說放下就放下，並看不起為失去而心有不甘的人，因為他們從來沒有擁有過權力、名譽、財富的滋味。那是對每個阿一的莫大考驗。正如亦舒說，只有讀過大學的人才有資格說唸大學沒有用。你說金庸要放下自在容易，還是兩袖清風的農民放下容易？仕途不怎麼樣的王維進入禪境，自然比順治出家容易。難怪這位好佛的皇帝說披龍袍易穿袈裟難。

做阿二當然也有放不下之處，就是很想有機會當阿一，往往自己給自己壓力，只要更上一層樓，就想享受當阿一的滋味。離頂峰越近，越易貪圖，在山腳下的人，一想起要千里之行始於足下，就怕腳痛而無需下臺，省得安樂。

木秀於林，風則摧之，槍打出頭鳥，整天穿著避彈衣做人，肩膀不酸痛才怪。做阿二，其實也會遭到阿一的提防，許多阿二就是在功高蓋主下給阿一除掉的。

❷ 象徵香港最高榮譽。

想安樂，阿一阿二都不易為。總之阿一擔心一天當阿二，阿二不甘長期當阿二。想來想去，當老三比較安穩，自由。

拿頒獎禮做比喻，拿過金獎，一旦跌落銀，就被說成人氣不再；金下去，又容易走安全路線不敢離過往成功的模式太遠，因為不敢冒險，做得又悶又驚。拿銀的，會惹來一直不敵他人的譏諷，還是拿過銅的，因為不覺眼，一時成鐵也不覺得是大敗，還可以毫無壓力下穿梭銅鐵之間，做音樂也可以任意自由一點，有獎就有，沒有也不那麼敏感，因為從老一到老二之間的距離感，比老三與老二的眾目睽睽。

樂壇如此，政壇更甚。所以我決定研究老三的哲學。

天生我才不要用

莊子講無用之大用，一個體積太小的瓜，好像無大用處，破開來兩半，就成為可取一瓢水的器具。好在莊子的比喻，都不作興加上一個規範的尾巴，說這個故事教訓我們甚麼甚麼，就由後人如郭象等做權威性的註釋。

這可以是一個發掘商機的故事，對，腦筋急轉彎，每樣看似平凡的東西，都有機會為它增值，一條細鐵絲，把它扭幾個彎，就成萬用夾，註冊後世世富貴。

這也可以是一個對弱小社群的勵志故事，天生我才必有用，做不成載人的船，也可以替人取水。

這也可以是一個相對論的啟示，有用無用，在於你怎樣看，取一瓢水的功能，不一定小於一葉扁舟。我寧願從這角度看，跟老子的高下相生，大小相形前後呼應，才有老莊之稱，否則，一則則寓言都成為生財寶鑑，莊子就不再那麼迷人了。

看著內地國學興起，動不動就誰誰誰看莊子老子，但都變成一段段入世的實用教條，再看下去，老子所謂天長地久，以其不自生的道理，就會成為天地滅絕的罪人之一。

莊子很多類似的寓言，有一種藥膏，本來是一些漁戶用來防皮膚乾燥的，有人發現從中有商機，買下配方，再賣給國王的軍隊打水戰，結果升官發財。

叫我想起最近上釣的黃鰲魚，釣魚郎不識貨，以二萬元賣給船家，船家以五十八萬賣給酒家，酒家再以百萬之價賣給內地。莊子的故事在港聞版活生生真人上演。

但這不是生財之道，這故事教訓我們，生而為一株紫檀木，對自身的價值，比一個枯瓜殼並沒有高下之別，只不過在人類的手中死得更值錢，也所以死得更快，絕種得更快，釣魚人、船家、酒家的收入有大小之別，黃鰲魚因有用而死，無用的煙灰反成永續的護身符，所謂有用，都是有利於他人，為別人所用，「我要做個有用的人」這大志，可能要想清楚是利己還是利他？

我們做了別人的鯨魚，得到世上體積最大的哺乳類動物這桂冠，先別沾沾自喜，永遠有人等你浮上水面呼吸，你才明白無用之大用。

哥前哥後三分險

孔子道：「名不正則言不順，言不順則事不成。」

有名有分，就如大婆在二奶面前，說話也大聲一點。世人也總愛為人立名，也總對有外號的另眼相看。

跑江湖的惹不到別人有興趣為他起個外號，也確實枉混一趟了。林沖外號「豹子頭」，李永達外號「高達」，讓看熱鬧的人看得更起勁，令我最聽得礙耳的是媒體或公關刻意策劃出來的名堂，例如，好端端一個出道發片量年紀年資都不夠大不算多的陶喆，無端得了一個「臺灣樂壇教父」之稱，叫他教父，格格不入之餘更害了他清純活力的形象，更不知他本人有沒有因教父之名而背負了不必要的壓力，影響了創作的空間，所以叫了一陣子，「臺灣樂壇教父」之名還是回歸給原來的羅大佑。當年外號「香港西城秀樹」的何家勁便沒有這好運。

名不正，或名本身也能害人不淺。慕容復，自少便給父親慕容博以復國之名為做人目標，再有「以彼之道還彼之身」的外號，否則沒有這種壓力與自傲，人可能不會漸漸走火入魔。

那還不夠傷，傷在從沒有跟喬峰交過手，江湖中人已為名而名，北喬峰南慕容齊名，彷彿北有了喬峰，南沒有一個對等的，就不能滿足愛看人鬥爭的心理，怪不得喬峰有感於慕容復的失德敗行教訓他一頓後，大嘆與你齊名是我的恥辱。而喬峰自己，又何嘗不是因為一個喬字與蕭字之差而悲劇收場。

哥前哥後三分險，另外那七分險，來自當事人，有否因背著別人起的名，而失去了平常心，走不愛走不該走的路。

做一個普通人

最近聽過一句話，帶來久違的感動：「其實，我只想做一個普通人。」

這位我疼愛有加的朋友，常給我婆婆媽媽地希望他能在自己的職位上對社會有所貢獻，又別浪費自己的天分，繼續做到繼往開來承先啟後的角色。

或許這是太重的擔子，我得來的反應是「你高估了我的能力」。我得來的反省是：「我也高估了自己的能力」，常常不自量力認為憑意志力是沒有甚麼不可能，忘記了體力的極限。

只是，我當時忘了分辯，即使遂我所求，做到上述兩點，也只是一個普通人，離強人所難當一個超人偉人遠甚。何謂普通人，我想他是誤會了要他成為一個有野心的人。

普通人身分證上假如是印上安分二字的話，安分與野心確然是相對的，我自問從來沒甚麼野心，我所相信的只是生命不拿來燃燒是種浪費。「我只想做一個普通人，與未來的太太無牽無掛地漫步。」是我看錯了他，我們同時看《道德經》，但是他比我高，我依然有太多執著想做的事，而註定成為一個不夠自在的普通人，大抵不會得到他應得的快樂。

外套尋找它的模特兒

王子挑選寵兒

紅顏薄命

陸地上跑得最快的動物是cheetah，獵豹。奔馳至極速時是四腳完全離地的，可惜這種狀態只能維持很短的時間，因為牠肌肉的能量有四分三燃燒成熱能，體溫是靜止時的六十倍，是一種致命的溫度，所以只能飛馳一瞬間，在很短的範圍內追逐牠的羚羊。獵豹能跑得這樣快，其中一個原因是牠的骨頭夠輕，故此也極容易受傷，每次出擊必然要準確，不能勉強，否則不熱死也會在跟獵物碰撞時弄傷了手腳，不能狩獵，活活餓死。

作為生物鏈高層的獵豹，覓食有這麼多條件，也只好認命，數量大大不如牠精緻美麗的野狗了。野狗的生存之道卻非常簡單，母獅精心策劃圍攻再負責咬斷獵物的咽喉，吃到一半便讓野狗群湧來吃免費晚餐，命硬得很。

檢閱一下瀕危的動物，都是一般公認為美麗而食得麻煩或住得講究的。

豹、老虎、大熊貓、狐狸、北極熊、皇帝企鵝、鯨，當中當然有人為因素，誰叫你豹皮漂亮而鯨全身有用。

可是，純粹以人為主的話，我們想殺之不盡的蟑螂又如何，小小一點漿糊就夠牠活一個星期，只要是有機體都可以當食物，從不知甚麼世紀一直活到現在，肯定比恐龍還要早，因為連核爆都不能滅絕牠，牠的抗輻射能力只比果蠅低一點。而你說，蒼蠅與蟑螂那一種漂亮？蝴蝶壽命甚短，開枝散葉效率能有多高？可德國蟑螂，一生能有一萬後代。

珊瑚魚，色澤體型品種都要比淡水魚漂亮，牠們除了很講究溫度酸鹼度，配備還有化氮器，鹽度計，而且今天還活潑吃東西，明天說死就死。你會說這是人勉強把牠們帶離珊瑚礁的原生地，故多夭折，但你以為珊瑚在海洋中要求不講究嗎？讓我們回到淡水地帶，水草就是水草，有一些卻比羅漢草特別精緻的，如果你有機會走過旺角的水族街，看見一些水草多而少魚的缸，你可能忽然驚覺水草從未如此美麗過，別高興得太早，羅漢草隨便放進水裡都繼續保持生命力，那些特美的，要有水冷器、滲熱板、軟水器、非洲營養泥、施肥針，連光管都得用特製的，才會有所謂草缸文化的美貌在你面前出現。

大自然自有其生存法則，可大家都只知道弱肉強食這定律，我心眼小，專揀美麗的動物來看，忽然發現牠們都特別脆弱。

如果我們都是蟑螂，吃得隨便，不吃精細美味的日本珍珠米，難吃如紅糙米都甘之如飴，不講究穿得美不美，省得錢來少了壓力，無慾自能隨心所慾，於是活得比較開懷，於是長壽，不做一隻美麗而生存條件多多的獵豹，便能得享天年。我從《國家地理》雜誌內原來了解到甚麼叫粗生粗養，但至於紅顏薄命，是出於迷信，出於古老統計學，還是有人認為蟑螂比蝴蝶美？

魚的聯想

「越美麗的東西越不可碰。」

這本來來自我所寫的一首情歌，不過，不談感情，只談大自然。色彩越鮮豔的菌類，魚類，以至花，便越有機會帶有毒性。不過，也不談美麗與毒，談養魚之淒美。

最美的魚，當然是海水魚，海水魚比淡水魚難養，海水魚中的藍魔鬼，又比色彩花紋較多的蝴蝶魚命硬，圖案色調分配美得令人相信有造物主的神仙科，則比林黛玉更命薄。

海水魚美麗得不可碰，不如說金魚，最精緻首推蘭壽，這是日本人從中國金魚改良培養出來的品種，背部線條長短比例非常講究，因此，自然又比十元一大袋的純種金魚難纏，今天還以健康的姿態游泳，明天便可以暴斃。又，單色的比三色的品種活得較長。精緻的美，落得淒美二字。

無須找《十萬個為甚麼》。要成全色彩圖案，要求的生存條件自然越多越複雜，要不斷改良變出來的極品，有違大自然，自然不及野生的天生天養。

其實不想說魚經，是想說人。我們搶學問也好，搶名牌也好，搶升職也好，搶一間大屋也好，搶做一個道德超人也好，搶來的，都是那條魚身上的鮮豔與斑紋，讓美麗持續下去，就無端為自己製造了更講究的更複雜的生存條件。不談物質，單談品德，背著十字架做人，這樣不能，那樣又得明知不可為而為，又要顧修養，有容未大，恐怕憋得肝先發大，這就是漂亮的代價，一定不及肆意而為，不念及他人感受，以自我為中心的人活得容易，一定不及養在小小魚缸無需特殊設備仍不斷傳宗接代的黑魔利命硬。

選一張合適的椅子

富蘭克林道：「對於不知足的人，沒有一張椅子是舒服的。」

在傢俱歷史上，的確有一張一九二〇年設計稱為LC4的Lounge Chair，被視為最舒服的休閒椅，據稱其弧度完全符合人體力學，讓你坐下來的時候，兩腿就不會不安分地左右移動，這張椅，躺下去，起不來。這樣一張椅用來看書看電視，本來該知足的了，卻因為太舒服的緣故，書看到一半便睡著了。於是，又想擁有一張被視為最適合看書的Eames Chair，這張坐得比較直一點，不會舒服到讓人坐到睏。

椅子是無辜的，LC4本身設計是用來供人休息的，誰教你躺下去看先秦諸子。不知足，好像是一種貪婪的罪狀，也一樣無辜。

知不知足除了取決於性格外，也得看當事人的實際需要。坐到局長的椅子上，不做不錯，知足就是一種罪過，有負於公僕之名。在私人機構做到主任，安於夠用的薪水，家徒四壁但必需品齊全，抗拒升職必然帶來的壓力，就是一種福分。我以前也跟隨大勢為不夠上進的人惋惜，但原來這些人的快樂我從來沒有機會擁有過，打工賺夠一點點儲蓄就離職，自休長假，是真的休假，而不是趁機進修。進修好像是有益的行為，但休假連旅遊增長見聞俗世認為有益的活動都不進行，單純享受空間清靜無為，何嘗不是有益之事？

這種人知足於一張硬木做的明式椅，肉身不會舒適到哪裡去，但，姿態卻如骨董般有一份久違的優雅。

找一個自己的布景

很多很多年前，我姐姐來到我家，見一屋的牆都是純白的，便隨口吐出一句，這樣白，有甚麼好，像住在醫院裡。那時的反應是道不同不相為謀。白，有千般好處，永不會出錯，永不會跟其他室內的顏色起衝突。所以，每次搬家，即每次擔當自己的室內設計師的時候，總是堅守著白。試過有間樓底挺高的房子，因為覺得那一大片白很難得，結果縱使藏畫量已到不夠空間儲存的地步，仍然不捨得讓色彩掛在白牆上，只知留白，留白，留下想像空間。

白，更是minimalism的最佳伴侶。多少讓人愛不釋手的室內設計書，都是一片簡靜的白，不少人的夢想屋，大抵也是這種白茫茫一片，不見一件實用的雜物放在白海中的藝術裝置，給看得見的都是為增加美感而放出來，見得人的雕塑品。當然，要實現這樣子的簡潔主義夢想屋，也並非甚麼夢想，只要你的身外物不多，裝修的時候預先在牆上量身訂作一組組外面塗上純白的入牆櫃，盡收平日生活上必需品，你便會贏到一個簡靜美的空間。

不過，夢想歸夢想，殘酷在於夢想有時真該是留給做夢或想像的。看這些充滿禪意的簡美空間，是賞心樂事。有伴侶而未有下一代的，住在裡面再給拍個照，畫面也是很美麗的；一個人暫時活在其中，亦好像頗有品味地讓親朋戚友羨慕。屋，卻終歸是用來住的，不是用來自任模特兒給拍進《Wallpaper》雜誌的。要保持簡靜，代價是即使做得賊死後仍能提起神來把東西收拾到遮醜入牆櫃內。

是幾時開始看透簡約主義有違生活的現實？

一個人獨居那麼久，簡約白當然不會讓我覺得自己活得很孤單。我聽過一個失婚朋友的經驗，他請簡約大師設計的房子，在失婚後讓他不敢多逗留，此時的他，一定恨不得房子本來是用最暖色最有質感的壁紙包圍住，像一個火爐般熱暖孤獨的身軀。

很慶幸我看破了白，並非因為試過被簡約氛圍令我害怕孤單，而是對美有了更廣的定義，對於不同顏色有了可美亦可醜的包容，任何色彩的碰撞都可以有獨一無二的美感。

如果一個人的賀爾蒙分泌最盛就是在圖書館，那活在一個個書櫃包圍下的角落裡，又有何不可？如果最愛就是咖啡廳，為何不可以特製一兩排正常家居不會出現的雙人座咖位扮咖啡屋？

這樣做，訪客一定有意見，說這樣沒有家居的感覺。但，別理人們的意見，客人只是客人，逗留在屋內最長時間的是屋主，你的心血不是用來討得偶爾才來幾小時的人的歡喜。哪怕你在牆上滿滿地安裝了很多部電視電腦兩用螢幕，有人說這間屋像太空總署或腳底按摩店。自己樂活在其中就夠了，生活並非為他人的讚美而活。

風會吹過露臺

道理，幾時都有道理，問題是有沒有較易入口的糖衣包裝，讓人願意聽下去，任何高明的宣傳口號，都得謹記有否針對目標受眾的利益，任何大道理都必然難以消化，任何簡化後的道理，都很易得到還用你說的反應。

擺明車馬說道理，難在找聽眾，有了聽眾，難在讓人信服，讓人信服，難以記住，讓人記住，難以讓人知而能行。是為《說難》之下集。

養生之道，在乎吃得清淡，那幾乎是在混沌的世間少有的絕對真理，但，遵行者多數為體重身材美感著想，只有意志堅定的人，才能真的為養生而依照

《顏氏家訓》之類少鹽多醋，少食多餐，直至真的讓舌頭返樸歸真，終於找回一磚豆腐的清香，一碗白粥的餘甘。

我們日夜面對著許多美食節目的誘惑，廣告主導著我們追求美食的心魔。而且，老實說，喫得再素，在日防夜防食物毒素難防的今天，也許很多人都寧願豁出去過一個可能會折點壽但食得痛快的生活。

如果是這樣，再說另一個養生之道。眾所周知，大部分書畫家都得享高壽，動輒到九十、一百，理由不難明白，你的心不能靜，不能忘我專注於一筆一劃的過程，便難以有所成。畫畫及練書法根本就如一次禪修，養性之餘更在緩慢的行進節奏中減慢了你內心的躁，而你的心境也會反映在你的筆法中，故也等於慢條斯理地釋放了你本來想激烈地發洩出來的心火。或者也沒有太多人有耐性與奢侈的時間，去學畫練字者等非長時間不能為功的活動，從而養生。

如果是這樣，再說一個一行禪師的養生法：馴服內心之虎。這可能是我們每天都會面臨的考驗，故難度高一點也值得當一場遊戲來玩一下。內心之虎，就是我們的怒氣。除非你與世隔絕，否則，你是上司你會為下屬的低能或惰性而動怒，你是下屬會為上司的刻薄或無理取鬧而憤怨，你關心社會，會為不平事為不濟的政客而動了義憤。

不過，可否假設，動怒是你自己的問題，外緣的遭遇衝擊正考驗你的定力，而你敗在外緣之下，你並沒有能力處理你的憤怒，那是你本應可以自決的內心，放進一頭老虎，並放縱情緒將之餵大。如果你的心不能消化這老虎，便得將之放生，把怒氣宣洩出來，但不在對方身上，這樣只能引致更大的怒意，負負得負。

把怒意化解，無非是再反省，為甚麼會值得發怒，即使是義憤，一經靜心分析，即化為理性的數據，義如果要成仁，也該用平和的手段才能讓義得以彰顯，罵街並不能把義理還原。至於令你動怒的人，就當那是一場因緣，那是他的業也好，孽也好，是衝著你而來，但你懂得止蝕的好處，就當是一場夢，幾多戀愛都可以當沒有發生過的話，何況是別人給你吃的一點虧？不動氣，反而分析對方為甚麼會有這樣的行為，就可以用一種與己無關的平常心去拆局，或不拆。不但可以養生，更可以增長智慧。不過，你做不做得到？

十二少

掃興問一句，假如最近你有朋友去世，原因是否不問可知，又是癌症？數據不在手，恕我懶查，因為單憑感覺，患癌的，相識或不相識的，知名的或無名的，有一種包圍著生活圈子的趨勢。

不斷發表的醫學報告，吃甚麼甚麼就會增加若干風險，連過胖，一星期內多吃兩次正常分量的牛排，都會致癌。事到如今，憑基本常識，都了解不是吃甚麼甚麼會出事，而是任何食物都因人為的原因而成為入口的禍。吃理論上最健康的蔬菜，濫施的農藥將可能比吃紅肉更致命。有機食品，要到何年何月才可以降低成本有機會普及，難道貧富懸殊到貧民就活該喝太湖的化學水，有錢的才可以安裝德國出產的濾水器消災避難？

想來想去，反正生活在致癌的都市，防不勝防，不如心安理得該吃就吃，不享受白不享受，免去惶恐的心態，說不定反而達到傳說中心境開朗能防止癌細胞肆虐的效果。

因為沒有醫學證據，故只能以傳說之名來引伸心境會得影響身體抗癌力的說法。畫家，多享高壽，而且大多是自然老死，甚少因癌而逝，他們的食譜，無需研究。關鍵是他們長期從事一種節奏緩慢的工作，而修得平和，有些畫，一畫幾年，你看過有真正藝術修養的畫家，沒有耐性地為追求經濟效益而因一筆畫得慢了便發脾氣的嗎？

又，四大皆空的和尚，常常保持一張寬容的笑臉（金庸小說內少林派的例外，這是我對金學其中一個疑團），大多活到鬚眉俱白。所以大有理由懷疑，癌症於都市中越來越作惡的原因之一，除了食物受污染，都市人的心理素質惡化：壓力、焦慮、憂鬱，都是元凶之一。

倒不如為延年益壽而從事一些修心的活動，像寫毛筆字，每一撇都讓你的心慢下來，專心致志一如打坐，但斷沒可能為貪生怕死而勉強自己做心與腸肚皆清的和尚。

關於養生之術及道，道教最為講究，其重要典籍《三皇經》的《小有經》，提到我戲稱之為「十二少」的守則，不是甚麼道術，而是簡單的處世原則，但我相信真能身體力行，必能大無畏地天天吃肥牛肉。十二少是少思、少念、少欲、少事、少語、少笑、少愁、少樂、少喜、少怒、少好、少惡。

你給嚇唬了嗎？少思少事很容易理解，司馬懿知悉諸葛亮食少事煩，即批其命不久矣。但多喜多笑多樂，我們原都以為會活得更健康，箇中玄機，我想牽涉到道家寡慾的理論，世俗人之所以喜之所以樂，往往由於有所渴望得到了滿足，但，樂過，並不是太多人有足夠能力去面對失樂時的苦。所謂要擁有先懂得失去怎接受。不過，早前已百多歲高齡辭世的一位神父，確實做到十二少的境界，連話都不大說，認為人的語言有污心境，故其宗派有啞吧派之稱。可是，我們凡夫俗子，真要守這十二少做人而求長壽的話，你又以為壽會有多長才視死如歸？

戒又何歡吃又何憾

抽菸，致癌。過胖，致癌。一個星期內一不小心隨便吃兩三餐紅肉，致癌。吃魚，有毒素，致癌。吃菜，有農藥，致癌。癌癌癌，就算遠離飲食紅塵一如出家，終生不到魚米之鄉變身的癌症村，恐怕也難逃不斷發表的醫學報告的恐嚇，吃得誠惶誠恐。

我的姐姐家教甚嚴，吃雞要剝皮，雞翅膀不吃，因打針後的毒素盡在其中云云。可是，你要我吃雞不連皮，又腿部是紅肉，不能多吃，那索性白煮雞胸，鬥口淡好了。這世界很公平，越好吃的東西我們越不可碰，不是膽固醇高就是致癌。

怕到這個地步的話，吃一片肉也要經燙水去油的話，給你活多二十年又如何？不過是多過二十年的清教徒生活，而怕死到這樣，即沒有像教徒一樣解決生死的大問題，人死如燈滅，那麼，生又何歡，死又何憾，不過是隻心裡懷著一個天平給自己的胃注入維生素的長壽動物。佛言，生命在呼吸間，要活在當下，有時不能不像豪俠一樣，吃鵝肝的時候大喊一聲：「引刀成一快，肝膽兩崑崙」。

倪匡的哲學最爽。頭痛，大吃止痛藥，傷了將來的肝？先止了當下的痛才划算。過分先天下之憂而憂，不抽菸也一樣會致癌。

凱琳的抉擇

九優狀元❸何凱琳拒絕國際學校免費入讀，連天水圍的交通費給她補助都不要，更謝絕免費旅遊，商業贊助等等好處，選擇留在中中原校。

報章以有骨氣來形容這個選擇，我覺得這與骨氣無關，因為即使以九優之名接受那些好處，也沒有甚麼失德敗行的地方。這是志氣問題，有志於行醫，只要自己爭氣，在哪裡唸預科班又有甚麼關係，與其貪慕名牌，不如在熟悉又有感情的師生包圍下繼續學習，短短兩年時間在陌生的環境重新適應，何苦？

我一直相信，除了那些學生會讓老師吐血的學校之外，我們要選擇的不是學校，而是老師。一個能讓你提起學習興趣的老師，會引發你對教科書以外找更多更好的養分，我在中學的中文老師就是在講唐詩的時候會講一下課程以外的好詩教我們欣賞，培養了我對中國文學的興趣。

凱琳的選擇，不但有人情味，其實也表現了她的智慧。求學不是求分數，立志是要打破求學不是為求職，弔詭的是，如果不是一個九優狀元，在殘酷的建制下冒出頭來，又如何吸引媒體的報導，表現出求學不是求名牌，向全港可憐的家長作出了示範作用。拒絕金錢的贊助，更讓我們知道，無論學習、考試、選科都不一定為了錢錢錢錢。這位出身於天水圍的千金，向全港市民表現了千金不換的價值觀。

3 香港會考九科優等。

常言道：「小時了了，大未必佳。」

只得十四歲的九優狀元何凱琳，卻已在有限的居屋空間裡安置藏書逾千本，在讀書風氣比鄰地都要低落的香港，這個數字足以讓大部分大學生慚愧，我也相信那千本藏書一定是百花齊放的通識類。

何凱琳志願行醫，來自零三年SARS時期的啟發，故視當時出力抗典的沈祖堯為偶像，可見她想讀醫並非想成為醫務所集團在香港證交所上市的主席。還記得零三年的低谷，我們都活在生命的惶恐之中，但也證明了亂世出英雄，患難見真情的真理。

儘管多拜金，香港人一向都在這些時節表現出最美麗的臉孔。當時我很希望這種人情味能稍減港人快樂指數跟恆生指數掛鈎的遺憾。可是由高官的臉孔，我們可以看見這所謂二十年來最好的香江歲月只是因為尚能緊抱一條金融支柱。可我們至少還有凱琳，從危機中啟發出高尚的情操。從醫，為濟世。

當然金錢不是毒草，金錢是必需品，但凱琳捨得放棄商業機構的贊助，卻並非容易的抉擇。你出身富裕，自然無欲則剛。但她一家三口靠做冷氣技工的父親過活，所捨棄的卻確實是一個誘惑。

小時已這樣了了，「Touch Wood」，即使凱琳將來成績倒退，她的品德已足以讓人看好，大亦必佳。因為我們判斷一個人佳不佳，並不在於成績，也不在於見報，而該在於能否做一個基本上快樂的人。而凱琳的使命感，將讓她成為一個心靈健康的人板。

為幸福著想

據調查所得，內地網民搜尋最多的問題，有關股票的當然高踞榜上，奇怪的是，「甚麼是愛」這條問題也榜上有名。

事到如今，甚麼是愛於我依然十分詭異，我只能說真正愛上一個人是不由自主的，在愛面前沒有人有權拒絕，說我決定愛或不愛，來的時候措手不及，去的時候沒有原因，一切相處不來之類都只是藉口，愛一個人的時候失去計較的能力，逛三個小時你不感興趣的地方都是一種難忘經歷，何來相處的問題？不過，把愛的定義定得這樣高，這樣狹，天下的夫婦可能有一大半該離婚了。因為，那是火花，毛管擴張以後，心跳終將回到常態，瘋愛一個人很難，過後如何因愛之名自處及相處卻更難。

而我深信，火花這回事，有些人可能終身不遇，依然結婚生子有時是一場誤會，但像魯迅所說，在密室中昏睡做夢至死，要叫醒他們，還是若無其事？當事人認為有個談得來的生活伴侶就是愛，那就是愛好了。

按張愛玲的說法延伸，我們都是先看了愛情電影聽飽了情歌，才再親身知道愛。所以，為幸福著想，別接觸太多轟烈的歌與戲，除非你不會比較。

水族與音樂族

前香港特別行政區首長曾蔭權接受訪問說養錦鯉可以讓他減壓，這是每個養魚人的終極目標，即使不是大工程如錦鯉，看著一群一式一樣的紅蓮燈有隊形地向左走向右走，也會令人得到美感上的得著，以致暫時放下一些包袱。

但，經營一缸魚，本身也就是一個包袱，經營不善的水族箱將反成為你家居的污點。水族中人都該知道保養所花的精力，得定期刮青苔，凋謝的水草要修剪，水質保持良好等等。如果是海水魚的話，還須下刪一千字。你想借養魚來減壓嗎？壓力大得沒心情保養好一個水族箱，你看著一個生態凋零尾有霉菌的金魚垂死著，只有越不快樂越墮落。可見天下沒免費午餐真是放諸天下萬物皆準。

為減壓而養魚，何不聽音樂？音樂不會死，不用打理，何況用減壓這功能來說音樂，已經是壓抑了音樂的神聖。可是從市場比較，水族業去年營業額大概十三億港元，接近唱片業兩倍。我們花錢養會死的魚，只有一半人花錢買不死的音樂，我們的文化發生了甚麼問題，我們的生活品位有沒有問題？

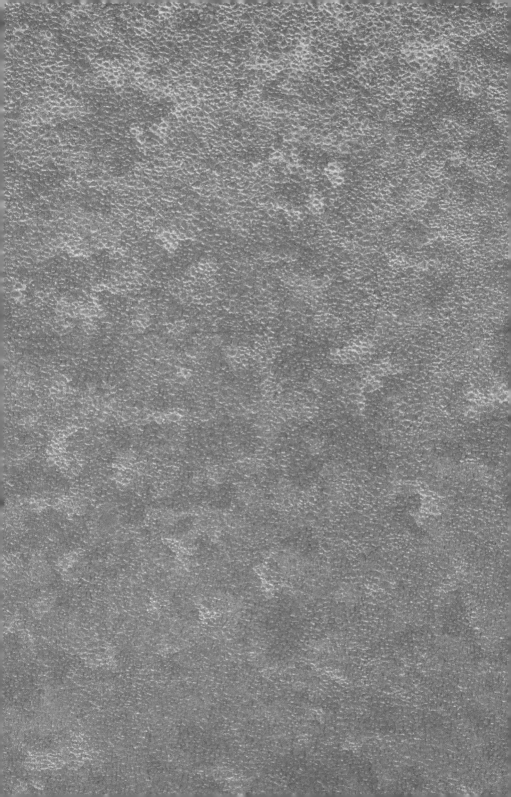

臉色放在一旁

內心反而寬廣

蟑螂的臉孔

老子《道德經》道：「天下皆知美之為美，斯惡已。」

很多煩惱，就是因為一個美字，包括破無謂之財，感情受傷害，都由此而起。

如果我們有機會成為卡夫卡《變形記》的主角，有機會體驗從一隻類似蟑螂的眼睛看世界，大抵人類的臉孔都是一樣的，正如我們因為從不會對蟑螂本身凝視一樣，對普通人來說，每一隻蟑螂的頭胸腹都是一樣的，有了其實來自主觀的美醜價值觀，才有了為一張漂亮的臉孔種下的愚行。

即使那個美字包含了內在美，我們愛一個人，又不是要選道德重整會主席，相處是否投緣，才是火花散落後感情能否細水長流的致命因素。

對美有了銳利的判斷力，醜的地位也就確立起來，世間才有了醜的觀念。於是，才有了對黑人的歧視，對肥胖身形的自卑，多少無謂的悲劇，有損健康的消費由此而起。

美醜觀念不但是相對的，而且往往無中生有，黑皮膚幹嘛比白皮膚醜，當黑色成為該年度由人為勢力所捧起的流行服裝顏色，黑人是否就可以免去給白人警察懷疑的目光？

唐朝婦女以肥胖為美的標準，能否提醒我們兩代人都為了一個美字在兩極化地犧牲了更實在的健康？斯惡之極已。

有時候無所謂一點，或遲鈍一點，或用相對的眼光看世界，就是簡單自在的來源。

沒情人鼓勵沒情人

陳奕迅在〈失戀太少〉唱道：「要每一根火柴全為這一刻燃燒，就當普天之下情人節只得數秒。」

這首歌詞是我在二零零一年情人節晚上寫的。當年身邊很多感情發生問題的朋友，剛失戀的，在這天為失去了擁有過的特別難過，久未嘗過拍拖生涯的，在這天特別容易妒忌，於是把心一橫，把明天要交的歌詞寫一首為沒有情人的人如何看待情人節。

每一根火柴全為這一刻燃燒：真正的愛情不過是一剎那的火花，長度不為人之意願轉移，不可能擔保剛好在二月十四日這個人為的日期依然燒得燦爛，日子那麼多，火柴那麼短，有就有，沒有就沒有，何必在乎一日之間的得失？夠聰明的，就當普天之下情人節只得數秒，那二十四小時，可長可短，全繫乎一心。這是那首歌的主旨。

可能被逼寫情歌太多，身邊人在欲求未滿的關頭，最喜歡把我的耳朵和嘴巴當救生圈，所以我記憶中的情人節都要扮演感情社工，用一些知易行難的道理來開解他們，累得要命之餘，我衷心覺得在這些無謂的節日能夠幫到或只是敷衍到失意人止渴，比跟愛人為應節而吃餐飯看場電影，再上一個一盒火柴長度不到的床更有意義。在情人節為沒有情人的人解圍，自己也從而對節日與感情的問題解套，得著，多於一個情人終將過期的吻。

幸也好不幸也罷，近幾年的情人節都這樣過，當我想盡辦法有效地勸導朋友的時候，原來漸漸接近莊子所說的無我。因為忙於把感情問題哲理化扮社工，就把擁抱與甜言由實變虛。

忘我則柔

最近一定是運氣低落，常常給人責罵，但也給我多了一個座右銘，果然焉知非福。

是這樣的，我給人責罵，自然是我有錯，但也不值得受到這麼兇的對待，有些罪名也是莫須有。可是我沒有吵起架來，只是平心靜氣的勸對方冷靜，太動氣有傷身子。

我把這件事當趣事般告訴一個不關事的人，她卻擔心會影響我的情緒，增加我的焦慮。她認為受了委屈而不討回一個公道，會屈在心裡包藏禍心，毫無原則的好脾氣會讓自己吃虧之餘也會傷身。我說，我沒有把這件事放在心上啊。她說，沒有放在心上又何以會告訴她。我說：這件事只存在我腦中，我記得，又剛巧跟她講電話，便當閒談一則。放在腦中，不表示放在心中，不能釋懷，而且問心我連釋懷的需要都沒有。

可是這好心人，繼續代我抱不平，說，你是誰，連你老闆都未曾罵過你，誰有膽這樣罵你。這真是當頭棒喝。

我是誰？我只不過是人一個，誰不高興當然都可以罵我。被人罵又不是被人打，被罵中保持心平氣和就可以不留傷痕。很多人不容易放開大抵也只因為常常記得自己是誰誰誰，忘記了自己如何如何也只是人一個，因緣和合而在世界上誕生的一種動物，先把自己看得輕一點，更重的傷害便得以卸力。

能夠輕如羽毛，自然最好，你是誰，你只是一根羽毛，有人拋棄你像拋棄一條羽毛，又有何奇怪，能夠這樣想，失戀也沒有甚麼大不了吧。有人看不起一條羽毛，也斷沒有介懷的道理。

好友所謂討回一個公道，我從來不相信這世界有絕對的公道。最公道的就是，我罵不還口，還以溫柔的姿態受罵，對方總會到某一個地步就會覺得自己過分了點，自然開始收斂，甚至有了歉意。如果見勢不收，得寸進尺，這人也不算是朋友，既不是朋友，又有甚麼需要介意？在對方氣上心頭時討公道，只會吵架收場，罵人已經是負面的情緒，對罵更增加這世界的負能量，真是雙重作孽。

掛上電話之後，我把自己說過的話反省一下，自問都是真心的。想起我的口頭禪之一：無欲則剛，不如自創一句對稱的：忘我則柔。

一直相信柔始終有日能勝剛。能保持柔軟甚至柔弱的姿態應付一切，就不會受力，比面對衝擊時不斷提醒自己要強硬爭取聰明省事得多。

至於忘我，自然是減少不必要煩惱的不二法門。還有，無論記性多好，只要能把記得與記住分別開來，就知道有些事雖不能從腦海消滅，但總可讓心建得更高，地租當成山頂一樣矜貴，便會珍惜，不會把一切亂放進心上。心是要來開的，既然開了，就讓不應阻礙地方的東西掃出去吧。

利他而忘我

澳門行政長官施政報告說，要鼓勵市民行善，從行善中得到快樂，從快樂中得到健康。並沒有聽錯，這是施政的內容，一個政府如何能藉著行政手段讓人行善，不得而知，我只知行善該發自內心，你想想，假如整天到晚都有政府新聞處的宣傳要你行善，那是多麼令人慈善疲勞的事情。

行善固然可以讓人快樂，可是用快樂來作行善的魚餌，換來的快樂就懷著機心，有機心又如何真正快樂，快樂並沒有這樣淺薄。如今行善更多了一個分紅，就是健康。難怪有病到無助的人會覺得做善事可以積福回春。啊，以後就讓我們在不快樂的時候捐款給奧比斯防盲救盲基金會，幫助了別人的視力之餘也立增體力永保健康。

施比受更為有福，自然是金句，但不失功利的成分。如果懷著一部計數機去捐款，那只是一宗買賣，正如我最了解的籌款方法，要名人做一些強人所難的項目，或走鋼索，或跳火圈，或心口碎大石，以引誘善長的慷慨。善男子善女子，這樣帶虐待狂的出錢買娛樂，與快樂與健康有何干？行善之所以會快樂，是因為你終於懂得把自己的利益放下，放下，自然離苦，離苦故得樂。

挑撥別人自卑的過客

存在主義大師卡繆道：「受人憐憫則會失去笑聲。」

這是卡繆看見一對失明人夜行時碰到電桿，互相釋然一笑，但大白天給明眼人帶路，雖碰不到障礙物，卻笑不出來。是的，憐憫對受憐憫的人有時除了感恩之外，可以是一種傷害。

不幸的人，比相對幸福的人敏感，小心行善的姿態，要與他們平起平坐。

還記得木村拓哉主演的《美麗人生》，坐輪椅的常盤貴子非常抗拒木村推她上路，因為她的自尊，在於還可以用自己雙手代腳，所以，我們其實都該學劇中的木村，懂得彎下身來，從常盤的視線看世界，並且沒事人般感嘆從來沒從這個角度看風景，這是平起平坐。

我們不是政治人，無需家訪甚至暫駐臺南村落故意著得破落去接觸不幸的人，問題是，越來越多到貧困地區的訪問團，那麼，善長仁翁請別當眾表演悲天憫人，看見皮膚緊貼骨頭的一張臉，不要露出我為你們傷心的表情，天下也沒有不能忍的眼淚，悲情不是發洩的時候。

撫心自問，除非你本來活在自我的樂園中，否則電視與電影中戰亂飢荒的受害者畫面如何震撼，該早有心理預備。發水該一同享用，餅乾你吃碎的給他們完整的，這是分享，不是施捨，一批又一批善長的探望，對他們來說，不過是精神上的支持，他們早習慣了生命的不幸，別帶巧克力之類讓他們知道生命是不公平的，巧克力從不存在於他們的世界，別讓他們在你走後懷念奢侈的巧克力。

對他們好，令他們相信在世上並不孤單，便足夠了。對著他們流露悲憫的眼神，不會令你變成杜甫，而是挑撥他們自卑的過客。

好人難做

在肥肥（沈殿霞）的追思會上，一直留在腦中的不是阿秋你站出來，而是其中一位答應照顧她的長輩，沒有說甚麼做人大道理，感人小故事，只是說，但願欣宜長大後成為一個快樂的好人。

聽過欣宜減肥的艱苦過程，也知她是下了很大決心，值得鼓勵。有目標才有活著的動力，不過，不是潑冷水，太多時候理想加用功加意志，不一定就有一個電腦程式計算出你的付出夠了，就給你願望成真，際遇之玄妙，不是靠阿信、大長今精神就能操控如意的。

我懷疑那長輩深知肥肥的願望，是欣宜在娛樂圈打出名堂，做個演藝人。但他也明白在娛樂圈能好好生存並沒有保證，不明因素可說是各行業之冠。於是提出，做到一個好人就夠好了。

多久沒有聽過「好人」這兩個字，你寧願別人讚你是個聰明人，能人，奇人，神人，還是好人？好人可能比躋身娛樂圈做藝人容易點，可是好人難做卻又耳熟能詳。如何替好壞下個定義？殺人放火傷天害理不過是一小撮人，不以傳統道德去量度，就只能把好人分成無數級別。

對親朋摯友孝順愛護體貼關懷對同事有禮友善合作不打小報告不拿是非賣人情不搞小圈子政治，那夠好了吧。對上司不亢不卑但靈活應變無關痛癢時附和一下大問題上用道理以適當力度爭取又留一條下臺階，為的不是保住飯碗，而是真心對公司好，那樣的好員工，有心也未必有力有道行，容易做到嗎？

至於以利他為己任的好人，別說德雷莎修女犧牲世俗的繁華投身貧病中過日子這麼經典，單是關懷這個世界，甭說實地考察，閱遍不同角度的評論搜查有關資料，要花多少時間才把問題弄清楚，又死了幾多細胞為世界不公平的現像感慨。

最近聽人說過好人壞人各有天生不一樣的基因，好人要比壞人短命。

如果屬實，間接認定了孟子性本善與荀子性本惡的辯論是多此一舉。其實無需科學證據，無需好到像德雷莎修女，上面列舉的好人品格，哪一樣不是為別人打算而把自己放在一旁？假率性之名而隨意發脾氣的人，又沒有體諒他人感受的負擔，想發洩就發洩，自然身心健康。小好人，老好人，給人發了脾氣還心平氣和地安撫對方，把那些負面的氣往肚裡吞，消化後還得反省是否自己也有理虧的地方，細胞不產生變異才怪。

體諒，也是難度極高的美德，你的下屬犯大錯，你是否就此狠心辭退他？是的，你將會為自己省卻很多麻煩，但你偏要做好人，想以德服人，跟他研究他的毛病，意圖改善他人性的弱點，一個忍字縱有百般好，肉身的器官如膀胱，可不是這樣對待我們的。

沒錯，做好人，如行善，會快樂。但為快樂而勉強做好人，不過是個快樂精算師。好人不一定有好報，反而常常見很多人埋怨，那些壞人為甚麼沒有天修，標準答案是時辰未到。時辰當然遲到，不算壞人但做個自我中心的人，原來基因會讓他們細胞少點變易，好人所花的心計與負擔卻又跟壞人不相上下。真是好人難做。

求知才能守望相愛

「無知蔓延疾病」。

這六個驚心動魄的字，不止與大眾畏而遠之的愛滋病有關。同樣的蔓延，是香港越趨嚴重的精神病。

無知在太多人今時今日依然以為精神病的系列：經常焦慮症、憂鬱症、躁狂症、恐懼症，都僅僅源於性格、遭遇、人生觀等等失衡而形成。於是好心做錯事，用一種業餘社工的方式去關懷這些情緒出事的人，覺得他們何以這麼想不開，遂忠告：退一步海闊天空，期望越高失望越大，人生滿希望，月有陰晴圓缺，明天會更好，色即是空，等於對情緒有病的人說，地球是圓的。

他們只會更絕望：連關心我的朋友都不能明白我所受的苦。

總沒有人相信肉身出了問題會令一個大笑姑婆變得情緒低落到提不起勁洗頭，起床，上班。反而認定那是純因失戀、失業、貧困、工作壓力太大所致。

巴士阿叔❹所說有壓力，活在香港誰沒有壓力，問題是有沒有想過一個人為甚麼會忽然失去承受過去習慣的壓力的能力？真相是原來我們連血液缺少了某種金屬元素都會導致憂鬱。更別說最平常的腦部分泌失常，會令一個最具平常心的人在耍樂的時候都在精神與肉身的焦慮中度過。

如今患病的香港，我們不止要關懷身邊情緒出問題的人，沒有問題的人也該了解精神科的基本知識，才能防範未然，做到全民守望相愛，圍城不再悲情。

---

❹ 香港有一位中年男子在公車上講手機，聲浪過大被勸阻，他憤怒地說：「你有壓力，我有壓力……。」過程被拍下並放在網路，這段話也因而成為香港人的名言。

健康政治正確

過來人道：「吃藥並不可怕。」

精神科藥物，單是這五個字已嚇怕了很多早該吃藥的人。吃了，好了一陣子，就自行斷藥，盡快恢復精神正常的身分，完全漠視中途斷藥，前功盡廢後患更難斷尾。

為甚麼自行歧視與恐懼到這樣子？在我吃焦慮症藥的日子，身邊人最常見的反應是，別吃那麼多啦，這些藥。天，他們只因為有精神二字就以為我在嗑狂喜嗎？我只知道有病便要醫，看精神科醫生不表示我霎時神經，忌諱才會讓焦慮演變成更難根治的憂鬱症，再拖下去達到思覺失調，才真要入青山醫院。

大部分飽受教育的港人尚算是有見識愛知識，何以當我建議身邊有看精神科需要的人去看醫生，往往只得到大吉利是❺四字。

多得情緒病這個新興的替代品，讓精神科疑犯不至於鬼祟自欺。請別過分相信自己的意志，你是尼采你是超人，我不是葉劉❻，但信我一次，意志力不敵腦分泌之失衡，和以億計細胞，及腦科醫生也尚未完全理解的腦部問題對抗，贏了自尊，失去精神健康，何苦？

真實個案，我忠告一個我所認識意志力超強的人，即強人，我觀其行，提出有情緒問題的可能，不如去看醫生，反應是不不不，他的意志可以壓倒一切，無端端看甚麼精神科醫生？我的對應是：無端端為甚麼怕看醫生？難聽點講句，諱疾忌醫，簡直痴線。不過在此呼籲，痴線二字可不用就不用，該說，是肉身出了毛病，情緒出了問題，才夠健康政治。

---

❺ 廣東術語，表示不想此事發生，甚至提起，頗為忌諱。

❻ 葉劉淑儀：曾任香港立法會議員。

以人為本的不幸

常言道：「人為萬物之靈。」

但人就是自恃為各種靈長類動物中的皇者，以自我為中心的態度統治地球。不妨猜猜，如果熱帶雨林不是對人類長遠的安危有致命的影響，一棵棵百年古樹之凋零會引來那麼大的反響？

北極熊一隻隻在溫室效應下痛失家園，我們緊張的理由大半是為了擔心海平線升高，多於關心北極熊走投無路之下走向滅絕之途。貓頭鷹買少見少，也是憂心食物鏈有了缺口，老鼠會大量為患，一切從人類利益出發。純粹不為人類自身下代安危，純粹以眾生平等之心愛護動物的人不是沒有，就像一百萬人中可能有一個莊子一樣。

愛護動物的人也不能完全排除偽善的成分。對於寵物，如貓如狗，愛護有加，溫馴可愛如羊，卻是可以吃的。豬是家禽，是用來吃的。但有些豬比較可愛，顏色比較漂亮，故也有幸成為人類最潮的寵物。

一切也是從自身出發。貓狗比較聰明，可以提供感情給人類，無論合家歡或單身一族，多多少少都有消除寂寞的功能，就像愛情，有時我們以為很愛一個人，在苦與甜之中都得到了快感，說穿了，最終也是為了自身的樂趣。

更不公平的是對待蛇蟲鼠蟻，蟲要分益蟲與害蟲，益與害，皆從人類出發。蝗蟲何其無辜，牠們也有阿媽生，只是影響到人類的食糧，便被封為害蟲，殺之猶恐不及。

　　二千多人為咬掉主人手臂的阿柑出頭，要求不要人道毀滅，如果是專門跟獅子群尾喫腐肉的野狗，大家都是狗，尋回犬的命運便幸運多了。太多的不幸，就是來自以人為本而眾生沒平等，而世上還是太多野狗，太少阿柑。

拈花帶笑靜默無言

天啊天神啊神

中國的確以農立國。依我看，農民跟做娛樂圈都屬偏門，因為收成沒有保證，不同做公務員，農民有否豐收得聽天由命，故與娛樂圈中人一樣特別迷信。

錢穆擔心中國人沒有共通的精神讀物，誰說沒有？那是一部敬天畏天的無字天書，而統治者的權威也來自天，權力受命於天，天啊天，故弄出人手放些死物在地下，一掘出來就嚇唬了順民，順應了有心人，於是又一次改朝換代。歷代表面上大多以儒家為正統，活該中國小農沒有中國的耶穌。孔子一句「未知生，焉知死」，便自貶身價，不能成為東方耶穌。未知死，又焉知生的終極意義？

可不可以說，中國人滿天神佛，就是孔教逼出來的。沒有解決死後往何處去，沒有超越唯物的思維，只有一個抽象的天在頭上，於是見物拜物，連一個善戰但最後戰敗身亡的關羽，也可以用來辟邪，這是劉備做夢也想不到的，要選都還會布八陣圖的諸葛亮吧。好端端一個老子，不但被奉為太上老君膜拜，道教更把道家據為己有，看透生死的老子知道他們鍊水銀求長生，實在不能眼閉。佛教東傳到中土，人人口中阿彌陀佛，燒香求福，為的是個人的實惠，有幾人真看一下佛經，而得到永恆的解脫？最糟的是佛又與道教合流，觀音竟然可以借錢，真是仁慈，著實可悲。

中國的《聖經》

新儒學大師錢穆在一次演講中道：「一個民族實在該有一本兩本人人共同必讀的書。」

錢穆的意思是沒有必讀，對國家民族會有影響。

西方有《聖經》，中東有《可蘭經》的話，中土又有甚麼必讀品以凝聚國民的精神世界？如果往歷史的年輪推上去，誰說沒有民族推薦必讀品？遠至漢朝便以論語為尊，小學時即人手一本，孔家店就是中國文化的路易·威登，以致有中國的孔子即西方的耶穌之說。

難怪老毛看不過眼，要打倒孔家店。其實中國向來不乏權威讀物，只是沒有唯我獨尊的一部中國《聖經》，而是隨統治者的專政需要而變動不居，精神讀物，變成統治人心的工具。打倒了孔家店，那時的中國何嘗不是人手一本毛語錄，這到底是凝聚了民族精神，還是製造愚民方便統治？

我們何需要一本中方《聖經》？說文革後國人精神世界陷於無政府狀態，由政治化到變成經濟動物，只知炒股賺錢，好像是實情，但你看專講中國歷史哲學的于丹與易中天，卻剛在中國作家收入榜上分別排名亞季軍，市場力量顯示內地人對思想的追求並非真空，又也許是真空後的強力反彈。

于丹既談《論語》，也講《莊子》，這是好事，我們很難得才從一言堂的陰影走出來，百花齊放如果不是一場老毛式用來收集反動資料的陽謀，百貨中百客，不同人格自由選擇信仰的人民有福了。中國人沒有自己的聖經，就沒有唯我獨尊的思想遺毒。

苦海中慈航的船票

導演嚴浩在〈努力自救〉文中道：「宗教領袖不做好自己的工作，苦海中的眾生只好自救。」

嚴浩說在電視上等著佛家中人一兩滴法語甘露，為災難深重的眾生開示。結果等到的是「中國政府對救災做得很好」。

這失望是活該的，一個宗教要有領袖，本來只是教義在人間較權威的演繹者，演繹有時難免還是從人的角度出發，人與權威加起來，而信眾只盲目地只要信不要問，不會獨立思考，才讓信神轉化為信人。

有關心靈的書不少，要從中得到雞湯，不買也可上網求援。但如果你不相信那宗教，再有效的苦海靈藥，都會消化不良。即使換來一時心安理得，對佛家來說，人海中盡是在心靈苦海中浮沉的眾生，對大災與小害的解脫，並不能倚靠所謂教主一句嘉言作為一時的特效藥。

要解藥，也得用個人的心去消化，而要潔淨或治療自己的心，一如攬鏡自照，在一片混沌中，必然要用自己雙手去找適合自己的救生圈，那當然要靠自救。

我有很多叫《改變一生的一句話》的書，可是每人病況不一樣，醫生開的藥，也分體質而處方，體質就是自我的修為，而修為不可能在姑且信其有的心態下，燒柱香給一個用物質做成的觀音像，就換來在苦海中慈航的船票。心靈，要自省自救，而導師，在天地萬物，在周遭的生活中，也在自己的心中，只有個人的心能決定自己的心是甚麼形狀，改變自己的健康狀況。

何足道

過去有一個疑問，金庸是信佛的，但在他眾多武俠小說中，少林派不但並沒有得到他筆下的厚待，《倚天屠龍記》的大壞蛋臥底成崑不說，一般少林高手都以惡家長的形象出現，不但戒律先行，慈悲少見，而且非常執著於武功高低之名。

《倚天》開頭寫何足道單挑少林，眾僧嚴陣以待，發現何足道無聲無息中可以在少林禁地放下戰書，個個深恐少林威名從此萬劫不復，對名聲看得比修行還重要，至於對覺遠和尚及幼年張三豐的不仁，充分反映了階級觀念之重，毫無眾生平等的念頭。難怪那天偶然在電視上看鄭少秋版的《倚天》，明教中人隨口一句：少林寺中人那麼好勇鬥狠。沒有對照原著有否此對白也不以為奇，因為好像挺符合金庸精神。

少林派在金著中差不多沒有成為過主角，最高的只是《天龍八部》中的掃地僧。當然，查先生在封筆後才正式皈依，但筆下卻看得出他對佛學認識之深。何以佛教徒會在他筆下如此不堪，甚至與葉二娘誕下私生子做帶頭阿哥誤殺好人之後又隱瞞真相的，竟然又是少林方丈，起碼犯了色戒，殺戒，以及不誠實的罪名。

現在當然不會再揣測查先生當時對佛或少林有反感，反而覺得他是故意帶出笑傲江湖偽君子滿江湖的反權威精神。因為，漸漸見得人多，雖然宗教總是導人向善的，但宗教原旨還原旨，他的信徒卻在地上自行建立，有人本主義特色的表現，導人還導人，導不導得成，還看官腔所謂的，不宜評論個別事件。

人始終只是人，豈止不能以其教徒身分該有的修為去要求，連一些普世的道德標準都不宜以幻想加諸其身上。

為持平起見，也說一個我認識的喇嘛，平日少談道理愛說歌手是非，天天犯盡妄語之戒。不過那又何足道，人只是人，人在做，不但天在看，其他人也在看。

真理越辯越昏

和諧社會，聽的不覺假大空，說的都恐怕說到有點心虛。別說很多議題都泛政治化，製造無建設性的噪音。心平氣和的討論據說會讓真理越辯越明，但在沒有互信基礎下我更相信一本書名，名為《真理越辯越昏》。

何況，我們都不該再迷信於真理的存在吧。各人有各人信奉的真理，既沒有絕對性，就不能把真理二字奉若神明。

和諧共處，其實並不需要犧牲自己的信念，所謂和而不同，最重要是心胸夠大，懂得尊重別人生來有與自己不同的地方，包括生活方式，好或壞習慣，最重要的是：信仰。說包容，都顯得真理在我手，需要帶有原諒容忍對方有別於自己的地方。尊重，卻是無需要互相說服對方接受自己的一套，不打算用力勉強改變他人，我想，這樣才有真正的和諧出現。

從政治爭拗縮小到人與人之間的相處，對事物有不同的看法，可以討論，而無需受目前媒體報導習慣偏向煽情的影響，是討論，而不是動不動就攻擊，以打倒對方的想法為目的，而不是吸收不同的觀點，反思之後採長補短。或者是我們在學時期已有辯論比賽的影響，比要分輸贏，或者是打得太多電玩，以KO為終極目標。

這只是關於一些問題的看法，像你覺得這首歌該怎麼寫，你覺不覺得羅范椒芬❼算不算好官，今晚該吃西餐還是中餐，之類芝麻綠豆的小事。

最大的考驗在宗教信仰，在一個家庭可以引發一場沒有煙硝的戰爭，在國與國之間，加上不同的文化，曾經有多少子彈就是假宗教之名而橫飛。

我有個朋友，她的爸爸去世了，她本人，她爸媽都沒有宗教信仰，故喪禮就隨便選了一個沒有宗教的儀式。但你知道，道教在傳統中國人的影響力，不用要真的信道教鍊丹致長生不老或修道成仙，很多家庭都會在信與不信之間供奉一個地主，就正正是這種信則有不信則無的心態爆發了一場家庭糾紛，在俗語所講屍骨未寒的時候令一家人不快，煞可惜。

事緣回魂夜，朋友的母親想為亡夫做一點事，於是朋友便想到買些金銀衣紙肥雞一只，放在桌上供奉，可她的姐姐是基督徒，不願意上香不止，對一屋的煙霧瀰漫表示極度反感，堅持要停止這行動，連無辜的肥雞都想丟掉，且真的付諸行動，堅持這是無知的迷信，我的朋友不該讓媽媽拜偶像，朋友以令媽媽心安理得為由，認為買個心靈安慰，算甚麼錯事，為甚麼上綱上線到犯罪的程度。

---

7 曾任香港教統局局長。

犯的罪，當然是從她姐姐所信的角度出發，就是這樣各不相讓，便吵將起來，在回魂夜上演了語言家暴。傷的是姐妹情，可憐的是悼念配偶的母親。如果我在場，我會對她姐姐說，你不可拜偶像，但你也不可阻止他人，尤其是你母親，去做一些她相信能令自己釋懷的事情。自己的信仰，如果要唯我獨尊，大宇宙大小世界，憑何說和諧。

世界不是平的

吹熄生日蠟燭之後，朋友問我許了甚麼願，有沒有希望世界和平。我不是追風箏的人，為免失望傷身，故從不作假大空的期望。連一間小機構的員工要和平相處，都要耗盡心力，要不同種族不同文化不同信仰不同利益考慮的世界有和平，有如等風停下時，風箏已不知落在何處。

和平的天敵：不能尊重別人的信仰，不能放過別人的資源，不能縮小自己的版圖，不能戒掉權力的春藥，簡潔一點，憎人富貴厭人貧。國際警察與恐怖分子即使放下屠刀，經貿與價值觀的戰爭依然為了國家這兩個字而令地球不是平的。即如減排談判中，剛冒起頭來的國家何曾對既得利益的強國排量服氣？

別說世界，返回自身。在語言暴力雄霸市場的氛圍裡，我們耳濡目染在議席與議題的爭逐中，學會了太多罵人的技巧，漸漸失去體諒，包容以至欣賞的能力。在分化與歸邊，非黑即白的時代，如果我們聽到不夠純正的廣東話，能夠念及自己說普通話時，在別人耳中一樣鄉里，如果我們能夠在孤獨的大除夕中，念及別人有幸擁抱著倒數零八來臨，也懂得為別人而快樂，不生妒意，才好奢談和平吧。

只看見別人眼中的沙石

一代高人詩佛雙全的弘一大師道：「臨事須替別人想，論人先將自己想。」

這可能是和諧社會到人與人和諧相處的金句。聽到不中自己胃口看法，或遭到不公平的待遇，嘗試從別人的背景，思想，或是苦衷，心自能澄明如鏡，照見對方可能沒有所謂錯對的立場，再而設身處地，假如你是他，你會怎樣？

莫說你是下屬，即使是上司，在所有管理哲學中，仍然深信以德服人，才能以無為之治而自然讓員工自行上力釋放最高的生產力及創作力。

替別人想，不是替他著想，而是理解他何以有這樣的表現或表態，是他的頂頭上司壓下來而無權反抗或協商無效或未獲信任？是她的經驗不足或旁邊的人未有照顧到這點而誤導了她？

論斷人是很容易的，向來怎樣批評人都比怎樣欣賞人容易，看見不順眼的就彈彈彈，但我們漸漸不懂怎樣用一種欣賞的態度去看人看事，讚人讚得有觀點有啟發，當中所需的修養與素養簡直是一種藝術。

先將自己想，是的，別人無理無力，你自己又是否有理有力，甚或你連別人所做的專業，你也只是門外漢的底子以懷疑論向對方發炮。

我不同意一些導演的牢騷：影評彈得天花龍鳳，那麼有見地，你來拍吧。

各有各貢獻的角色，只是論人時先念及自己做不來，也可體諒該工作有多艱難專業，商管理念之一，過分斥責痛罵，員工事後會小心得不做不錯，寬恕鼓勵往往更能令人不再重複犯錯。我想說的當然不單是辦公室內的和諧之道。

福由心生

常言道：「自求多福。」

香港道教聯合會舉行了開埠以來最大規模的祈福大會，名曰「太上金籙羅天大醮」。兩岸四地德高望重的道教人士一起上香祈福，即是向上天求福氣。這種類似祭天的儀式，是甚具國情的承傳，天上有哪些話事人，嘩，多得左中右難分，誰因你的祈求而贈你或你的社會福分，信不信由你，用民間傳統智慧解讀：買個安心，總是好事。可我看著新聞圖片，老子在一堆佛道交雜數不清的造像一列排開，彷彿山頂臘像館那麼壯麗，腦袋便開始發脹。

因為關於福，求福，就是有所得，有所得就有所失，擁有同時也是負擔，得者若驚，失者若驚，最大的福分莫如做到順自然而生，順自然而滅，這是我從老子《道德經》所了解的道理，老子並沒有叫我們向天求所謂福。

是福是禍，本質上決定於我們的如何面對順逆。所以我看破了道教發展史，還是沒法明白道教中有德之人如何看待他們稱為太上老君的五千字真言。

除了請長毛[8]離場發言快進入正題，很少聽到立會主席的發言。這次范徐麗泰[9]也有參加祈福大會，記者問她有否祈福，她的答案是如果自己做得好，也不擔心老天爺會對自己怎樣。單是這句話，便比起很多議員的噪音更有建設性。

福，只能從修練自己的心去求，斷沒有合什幾秒便完事這樣便宜。

---

[8] 前香港立法會議員梁國雄。

[9] 前香港立法會主席。

如果東京不快樂

常言道：「讀萬卷書不如行萬里路。」

沒有讀過十本書，行萬里路，得出的體驗的確不一樣。

還記得人人來不及朝拜的東京，我在一九九零年才第一次踏足，是在亞洲電視工作時要出差，主要活動是買影片劇集的播映權，因為地點偏遠的關係，要坐計程車，但見滿街一如香港機場的車龍，苦候乘客。這幾里路，我體會到甚麼呢？

之後，每年都往東京幾次，但覺城市一片華麗，霓虹光管流瀉五光十色的彩霞，在名店購物，單是李碧華常常稱道的精緻包裝，已價值不菲，值回本價。南青山時裝總壇，不光顧單看建築設計，便覺得這就是張愛玲所謂的昇華或是浮華了。

再然後，真是掃興，多讀了幾卷書，才知道日本經濟從八十年代開始衰退，銀行呆壞帳一如現在美國次按問題成為過熱發展的後遺症，日本人在最富有的時候大買美國貴重資產，結果虧損天文數字，至今還未復元。

從此，東京遊就自自然戴上了另一副眼鏡去看，計程車正是民生的指標，經濟不景氣自然滿街都是，最掃興的是，到了美麗的台場，摩天輪不再幸福，因為立時想到這是日本政府用大型基建挽救經濟的大白象，結果並不如理想。

逛著逛著，還擔心起香港當時大有作為地說要起甚麼甚麼港的成效來，東京在我眼中從此不再浪漫。

雖然我曾在此有過太多的經歷，滿布了我的個人回憶，可惜，那些純美的時光再不能回頭。

回頭，我放下萬里路，在財金報刊看日本，在早幾年日圓日股可看好的情況下，大買日本基金，在日經指數低潮左右入貨，果然賺了一筆，有助於再聽〈再見二丁目〉時的傷痛。

讀萬卷書，其實得看你看甚麼書，假如我一直像未進入社會做事只偏吃地看文學，於另一面的現實一無所知，那最初的日本還是日本。

與內心無關的冷熱知識

卡夫卡道：「你本身就是問題，無需要再去尋找甚麼知識了。」

人之初，第一樣知識，大概就是懂得餓了要哭，然後是爸爸媽媽的發音，之後，就進入一個以追求知識為進步梯階的世界，知識改變命運，作為一個口號，叫得響過性格決定命運。「冷知識」這名詞的興起，更代表學識廣博可以用來炫耀，從知得比你少的人身上找回一點優越感。

有時候會為不看書不讀報，未聽過鈍感力北極光微創手術，何謂宏觀調控，對這世界發生的一切混沌如活在自己密室中的人可惜，覺得他們的視野比自己雙腳站立的面積還少，少了很多樂趣與體會。認為有識自然有見，有見識才不枉在地球上活這一場。

有時候卻埋怨對「讀書識字憂患始」這七個字體會得太遲，知得越多，越難以從世事抽身，知識往往讓我們從一粒沙中看到太多與快樂無關的智慧，從漂亮的說法看到醜陋。非常後悔接觸老子「絕聖棄智」的主張之前已不再如嬰孩般單純，看《小王子》只有羨慕的份兒。

好不好賴在教育制度的頭上，用母語或方便跟國際接軌的英語教學到頭來並不重要，重要的是我們不斷對外在的世界追尋答案，而不曾重視如何發掘內心的問題。

知也無涯，學貫中西的虛榮，令我們忽略每個人內在難逃千瘡百孔，了解自己，不需要博聞強記，憑的是誠實面對自己的勇敢，煩惱不能靠知識找出源頭，而智慧卻可來自無知的赤子。每次看見因考試成績不如理想輕生的優等生，就會感嘆知那麼多幹嘛，連自己的問題都沒有找到答案。

知也無涯，學貫中西的虛榮，
令我們忽略每個人內在難逃千瘡百孔，
了解自己，不需要博聞強記，

憑的是誠實面對自己的勇敢，
煩惱不能靠知識找出源頭，
而智慧卻可來自無知的赤子。

常言道：「知識改變命運。」

獲得了濫捕貓頭鷹會讓田鼠肆虐的知識，會改變廣東吃田鼠傳播病毒的命運。學懂了財金知識，會改變銀行戶口的命運。掌握了編寫電腦程式的知識，會改變事業的命運。知識，學問，資訊，其中的差別微妙得非常言所能道。

資訊泛濫，而再冷的知識也可以從電腦按幾下就可以得到，命運又是否這樣簡單就可以給改變。我只知道知識可以像李嘉誠所說的：靠搶。沒錯，用時間如劫匪般搶知識，一定可以拿來嚇倒所謂不夠上進的人。

但，知識易得，智慧難求。知識豐富如人肉百科全書，卻毫無人情世故的智慧，對不起，有可能改變不了仕途的命運。政治學者有深厚的政治學根底，沒有政治智慧，也就只能指指點點，最大功勞是讓小市民也認識一下自己身處何等境況，並沒有能力從政，改變政治環境的命運。

我有本書叫《四千種快樂》。那些讓人快樂的方法或事物，瑣碎得不得了，好歹也算是一門傍身的知識吧，當有人低潮，大抵也能用來把他的水位托一下市。可惜，知道又如何，快樂不能靠知道腦分泌會影響情緒，知道亞瑪遜河流域是日本面積九倍而輕易得到，改變不了因坎坷的命運而帶來的不快。

對世界八卦好奇如我，甚麼都有興趣知道一點，仍然相信有知識不如有智慧，學問由外而內，智慧卻由下而上。有些難以自主的不良感覺，非憑電腦按鈕就能扭轉，智慧需要從 wikipedia 中得來的東西洗擦打磨，過程漫長如採探血鑽，對凡事重效率的香港人確是有點難度。

可惜，我們偏重資訊知識而少講智慧。而我們所謂的命運，也往往與是貧是富掛鈎。終身究竟要學甚麼，學會小聰明，還是大智慧，才會改變命運，與麥玲玲對戰。

假面的紀念

內地出現假的奧運紀念品。有關當局勸籲，假的名牌服裝你還可以穿，假的紀念品就沒有意義了。

要說意義，名牌也是沒有意義的。當在名牌店上班的職員有時也分不出巧奪天工的冒牌貨，用的人又不介意不心虛，消費A貨一樣有那種虛榮感，假的奧運紀念品為甚麼不可以當真的來紀念一番？

所謂正牌紀念，都不過是人為的，大會印製的貨，才有紀念價值，一模一樣的毛娃娃，為甚不能抱著它來看奧運呢？

除非用來炒作。

國畫也有很多贗品，你覺得它很美，掛在家中欣賞了大半世，大嘆張大千的睡蓮讓你感受到《華嚴經》中層層蓮瓣大而無外的莊嚴境界，萬一臨去世前把它拿去蘇富比拍賣，才發覺不是真跡，你又將如何自處？

那贗品給心靈視覺提昇了的境界會忽然墜地了嗎？你愛的是張大千三個字還是愛張大千風格的畫？

這跟你結婚多年才發覺對方是同性戀那種信念破滅絕不一樣。畫，或紀念品，或名牌，或偶像簽名，都是死物，他們的美醜真偽，存乎你一念。是你憑你的愛給予他們生命。

王菲的歌迷們，我也代簽過很多張王菲海報的簽名，但你們永世不會知道你與友人的有甚麼分別。

真作假時假亦真。

人造衛星圍繞這地球

我們卻圍繞著

快樂哀愁

好好活下去

溫家寶前總理對痛失父母的孤兒說，你們存活下來，就要好好的活下去。並承諾國家會管你們的生活。要好好活下去，物資即使富足得讓他們成為另一個碧桂園⓫老闆的女兒，成為全國首富又如何？

上課中幾秒間老師同學父母忽然消失只剩自己，過去生活的整個村市隨溫總一揮手而永成廢墟，將一如屍臭味終身相隨。

可敬的記者隨解放軍親臨重災區，回港後也有向生命熱線求助的個案，診斷後有輕微憂鬱症的癥狀，除了心情低落，也會無緣無故落淚，這可能是悲情從心中的陰影入侵腦分泌的癥狀。可以想像，那些雙失孤兒與一胎政策下的父母，用甚麼去收拾心情，好好地活下去。好好，除了物質，還有優質的精神生活。

心靈重建及保育的工程，其實不只為四川災民，全國，當然包括香港，也應如溫總在年初中的雪災的發言，災難催促成長。成長，該包括心靈上的抗災能力。

一眾媒體這幾天不乏勵志的標語，我也藉內地的朋友幫我在一書間收集到六十多首詩三十多首有關的歌詞，想像一下如何憑一句金句一首詩一首歌，能從生命中必然而無處可逃的大小災難中找到一個救生門。

鳳凰衛視這幾天都無間地出現三句話：一顆心是孤單，兩顆心是愛情，眾心就是力量。此時此刻，感到愛心滿天下可能有效，為長治久安計，卻有眉批的必要。集體大悲情過後，個人小悲仍難免。

第一，如果一個人就孤單無助，連一個人看齣戲都即時想起孤身隻影，而無法從孤單寂寞中發掘出孤獨的好處，包括自由，自在，難得一個人可以獨自思考，無須向任何人交待情緒的享受，就是沒有破除世俗覺得一個人在餐館吃飯很尷尬的魔障。一個人的快樂自在如果必須建立在另一個人身上，就如天天踩著鋼絲冒險為自己的心靈建設籌款。

第二，如果相信兩個心就是愛情，而愛情比二三線股價可升可跌得更無常，那是太冒險的投資，愛情出於偶然，卻有太多人把偶然而想像到必然，夠僥倖的話，愛情火花遲早也會蛻變為友情與親情，緊抱愛情的原貌，而沒有讓關係同步演變成長，等於沒有為順其自然做好準備。希望越完美得不切實際，失望只會更快崩盤跌停板，自找分手的悲哀。

批閱鳳凰衛視金句完畢，是的，我的修正版，都從幸福並非必然的定理出發，有些人天生自得其樂，不屬於這類型的人，又怎能避免面對現實殘忍的一面。不容易快樂的人，也有其幸福的一面，在悲傷中浸久了而不沉溺，一定在時間的練習中，有把所謂悲傷看個透徹的一日，從對比中，更深入了解快樂之道，這種快樂將比單純樂觀的高興更長久，一如心靈的金鐘罩，對悲傷免疫，只要，切忌麻木。

從特寫到長鏡

查理卓別林道：「用特寫鏡頭看生活，生活是一個悲劇，但用長鏡頭看生活，就是一部喜劇。」

這句話可視為勵志，也可以看成欷歔。

只能以我見理解。把生活放大看，絲毫畢現，遺憾自然無所遁形，把自己放得太大，得失心也自然重若泰山，把快樂放得太大，自然會擔心快樂會短暫，還怎麼能快樂起來，而這正是快樂本身的悲劇本質。

用長鏡看生活，看到的不止於自身，許多自以為是的煩惱，原來在人海中輕若浮萍，宏觀來看何止是喜劇，簡直是靠淚水倒映出來逗笑的趣劇。

如果特寫代表一刻，則生活處處難關，不如意事十常八九，只看朝夕，不是嫌錢不夠就是被愛得不夠。一時失戀，當然手持放大鏡，把戀人的頭髮都看成絲綢，可是往絲路走下去，就變成長鏡，見聞廣博下，一是覺得所有切膚的痛不外如是，不然就是發現更吸引的新大陸，或是真的到了敦煌，被壁畫上的佛性啟悟，看破悲喜。

最弔詭的是，時間並不會放過任何人，也可以放過任何人。多少提心吊膽的臉孔，經不起久別重逢的考驗，好看不好看，蕩氣依樣迴腸的少，驚訝當年何故癡情若此的多，一時的悲劇，回頭看來遂成為餘生都嘲笑自己鼠目寸光的喜劇。

可是近視是年輕的事，老花得把任何生活細節都得拉成遠鏡才看個清楚，已是百年身。

萬暗中光華射

「聖誕快樂，普天同慶。」

追本溯源，如果不是教徒，有甚麼福分在聖誕節特別快樂？我只知道一間化妝品分店在那天的營業額可以由平常的幾十萬增到一百萬。不過消費又真的可以買來快樂。

聖誕節偉大之處在於普天同慶四個字，普世的不成文約定是聖誕無戰事，任何死敵都得在那天停火，不過，如果沒有記錯，伊拉克入侵科威特該年，美軍是在平安夜突然開火的。

普天同慶最大的意義是和別人分享歡樂，可惜的是我漸漸不理解圍成一個圓桌大吃大喝一餐，除了可以發洩笑聲之外，可以拿甚麼出來分享。聽到笑話，便放懷大笑，火雞比柴軟了一點，便讚美一番。

我深知沒有患上社交恐懼症，要出席這些派對，還是可以談笑風生的，只是對那種熱鬧的場面沒有太大的渴望。

這個聖誕夜，我在上海的酒店房間等一個朋友的電話，說出去吃飯，結果由五點等到九點，沒有不快，只不過更明白等待是可以令人快樂或者不安。我坐在床上看完了七十塊錢買回來的《九天風雲》，從另一個角度了解到九鐵所謂「兵變」⓬的政治是非，忽然很想回香港，直接在電視畫面看到為爭取普選的民主派人士絕食的情況，很想快些到二十九號喬曉陽來港，看能給我們甚麼。

想像著上海沒有公眾假期下的聖誕快樂，不介意別人的普天同慶都與我無關，我所關心的事情，原來已不是快樂不快樂的課題，只渴望另一種普天同慶的奇蹟會在香港出現，而我早已忘記了肚餓。

⓬ 二〇〇六年三月十四日，以九廣鐵路市務總經理黎啟憲為首的二十名九鐵高層人員集體請假，到任於中環的西鐵總部特別會議室旁的房間召開記者會，聲援行政總裁黎文熹及支持主席田北辰辭職，被外界評為「九鐵兵變」事件。

應節不過是替國民生產總值效勞

元好問絕世好詞〈摸魚兒〉與《神鵰俠侶》並天下有無情人都問道：「問世間，情是何物，直教人生死相許。」

這問題自有人類歷史以來問了幾千年，又何必在情人節當天問？

應節是最無謂的行為。聖誕要快樂，新年要發財與健康，其實該是每天都渴望的，而大家心知肚明說了是白說，祝福如果為應節而慢慢變成習慣、禮貌，是何等可惜。

今期流行講真偽，祝福不是哈利．波特的咒語，為應節而說些無效的湊高興的話，何嘗不是虛偽？我習慣從經濟角度看節日存在的意義。

比如情人節，最大得益者其實是花店，今年二月十四是周日，得上班，花店主人會更開心，花情銷路更高，只為有女朋友的男生，好歹得送花到情人的辦公室，讓她在一眾辦公桌之間沒有失禮於人前，可憐地球有限的耕地讓花農種出來的花，成為女生掙面子以驕鄉里的工具。

在這種風氣下，釀成有人歡喜有人愁的局面。是促進了經濟內銷，但在變成花海的辦公室，那收不到花的人又如何自處？

為了應節，得著的是中秋賣燈籠的，聖誕賣聖誕樹的，新年賣糖果瓜子餅乾的，加起來對GDP的貢獻可能超越只佔0.1%的漁農界，在功能組別中該有一個席位叫節日零售，只要想到這裡，為甚麼還不能釋然，中秋何必渴望有人陪你攜手提燈籠玩浪漫？無辜被砍伐的樹木，為聖誕添了氣氛，為地球帶來損失，聖誕講的是愛，且是大愛，翻一下《聖經》就可以了，無須執著於應節而替國民生產總值效勞。

一無所求故一無所懼

日本秋葉原有人遇警殺警，見人殺人，但凡這些亂殺無辜的人禍，兇手大多是為發洩而把潛藏已久的負面情緒，一次過清貨，應了日文的大出血。在美國，有些以仇視黑人、同性戀為名，有些因受個過男人創傷，而這日本人提供給警方的心理背景則比較平常，平常得令人感慨，就是生活苦悶。真是，廣廈千萬間，覺得生活苦悶的都跑出來殺殺殺，很快就自相殘殺到變死城了。誰不曾有過長長短短的苦悶期？看起來好像是無事強說愁的兩個字，卻又是最無解，最難應付的。因為太抽象。把苦和悶拆開來，還容易解決些。

有朋友打電話來，要訴苦，便訴吧，失戀、失業、輸了股票、工作不如意、親友或寵物去逝，總有個題目，可以對症下藥。他把你拋棄了啊？舊的不去新的不來，諸如此類。別人很多時候也不過是要借借你的耳朵，或者聽你說一兩句苦主們本身也聽厭了的道理，在不能自助之際有部人肉心靈成語辭典在旁發聲，得到發洩。苦，可以用針對法，面對。

至於悶，來電者除非雙三四失[13]，否則只要用轉移法，說到天文地理，把視線擴大，把甚麼都說得好像充滿趣味，一般便大功告成了。悶，最低層次的一種不外乎正是想找個人把時間打發掉罷了，除非那悶是對生活，對周遭事物完全提不起興趣。這個比較煩，連娛樂都沒勁的話，一是疑似憂鬱症，請他找醫生看看，一是開到荼蘼，心如止水，把所有喜樂看破，那是高人。不過看他可以悶得多久，餓到盡頭，自會恢復食慾，有了慾望，又要喊悶，給他一個巴掌，知道還會痛，便懂得安分，做個觀眾看世界也是種樂趣。

[13] 雙失：失業失學。

最耐人尋味是悶前面還有個苦字來形容。想像三更半夜有人來電，說他覺得活得很苦悶，難道可以叫他玩玩電玩？工作太大壓力會苦，工作找不到樂趣會悶，當二者合一，真是萬佛朝宗，不知該用一招獨孤九劍還是乾坤大挪移應對，因為，因為不是他老闆，又不是上市公司主席，可以把他調到喜歡又沒有壓力的職位，又不是他爸媽愛人，苦悶就不要做吧，不用你養了。

工作佔了我們三分一時間，即使工作中沒有樂趣，起碼要自我想像點成就感，不然為生存而活著，那生活確實是苦悶的，但這理論無疑是奢侈的，在維持生存條件面前，收入與樂趣兼得，是少數人的福分，所以入行或選科，要在輸得起的時候為自己樂趣著想，流金歲月一過，很多人想離場止蝕已經太遲。三分一時間悶到苦，還有餘下三分一寄託調劑平衡，可怕的是工作在人生無常的軌道中已算較公道的一站，多勞多得的信念用在感情上，可能更自討沒趣，這項投資風險大得輸起來會把苦悶填滿餘下那三分一的休息時間。

說到底，苦悶真是越看越驚心動魄，由生活以致生活的意義，在苦悶時越想探求越易走火入魔，不如先平心靜氣，把二字拆開，分頭對付。捱一下悶，多吃點苦，或許就會找到病源，學歐巴馬，改變，改變不起，失去改變的自由，那倒不如降低要求，減輕代價，一無所求故一無所懼，天下之大，不止一種生活方式，一種生存方法。打機為甚麼刺激，就是有挑戰，向苦悶挑戰，何嘗不是樂趣。

有病呻吟

「小病是福」。

這種福的受益人，大概屬於上班族，有醫生開的病假紙，暫時用肉身一點痛楚換來壓力解放。不明白的只是要做的工夫始終要做，康復後積壓下來只有更辛苦而已。

病中何以會想不到這點？可能大部分人都給時間表壓得不能透氣了才覺得小病是福。感冒傷風是典型的小病，但那種鼻水醞釀流下，骨痛，忽冷忽熱的慢性折騰，給你有了幾天假期，又有何福可言？

多年前寫過一首叫「有病呻吟」的歌，大意失戀之苦都捱得過，一時的發燒為甚麼捱不過？又不是絕症，當然捱得過，但是福是禍，原來也得看你是無戀可失還是有戀可談。

感冒最磨人的地方不是痛，而是下床拿溫水吃藥都覺得乏力。這時候，自然會想起有個愛人多好。有理由懷疑，本來對戀愛伴侶已達到可有可無心態的單身族，不介意困身而失去自由，就是小病一刻。

連學會享受孤獨的人在病面前，都可能不敵有個伴的誘惑。永遠記得已逝世的寶詠琴女士，據說臨終時最好的朋友就是她的司機，這是上司下屬在長年相處後變為半生活夥伴的關係，可是從務實的角度看，又跟一些老來有個伴好互相照顧的愛情觀吻合，更自私點看，司機是下屬，只有他照顧你的份兒，他病了，成本只是讓他休假。亦舒說得殘忍而有道理，沒有愛情，有很多很多的錢也是好的。

兩忘於江湖

《易經．系辭》道：「物以類聚，人以群分。」

殘酷的現實是，我們接觸最多的人，往往不是性情最相投的人，而是工作上最常合作的單位。人以群分，這個群說的可能正是最原始的覓食求生的族群。你是那一行的，你最多的朋友大多數就是那一行的人。

在舊生聚會上，活動是交換名片，報上職業近況，談何交往？職業圈子不同，話題就得找共通的，談完《色．戒》，就得談股市，難道真會有那麼多人關心兩太⓮對決？是的，做會計的不會理解唱片業的運作，勉為其難解釋幾句後便開始不耐煩，每個人還是躲回自己同行的老巢內最有親切感。

要你在報表上填上最好朋友的名字，當然會有機會出現小中大學的過氣死黨，老朋友有一個讓你幻想的假象，依然是最放心最投契的，不投契，當初亦不會成為老友。

但我們常常不覺投契也有時限，居移氣，養移體，環境職業轉變後開始越敘越疏的舊，通常都是一場令人失望的懷舊，語言無味四個字在交談中不時要用良心壓住，這不是誰的錯，這是人的軌跡必然的進程。有時最重要的朋友，在毫無原因下就是約一餐晚飯也艱難，總是因為忙，而我們心底知道，要見的人，總又無端可以在百忙中抽空見面。

兩個人的相交，不可能永遠是一條平衡線，總是在時近時遠的弧度中，有某段時期相濡以沫，有時兩忘於江湖。

⓮ 陳方安生與葉劉淑儀曾同期參選香港立法會，爭一個立法會議員席位。

當我不知道原來你摔了一跤的遺憾

莎士比亞道：「衣服新的好，朋友舊的好。」

莎翁可能沒有與舊朋友久不聯絡，再淪落到敘舊而語言無味的經驗。舊朋友，往往因為對彼此的交情太有信心，以為一時間不大見面不大通話也無妨，久而久之，近況脫節，遠況累積太多，再談已沒有勁兒，那麼談時事談遠景之類，又何用多年交情作為談得投契的資產。舊比新好，不外乎有較多的共同經歷，有信心不會出賣自己，較容易心照。心照，甚麼都不必多說了，一個求救，就水裡去火裡去。得一知己如此乎復何求？

只是老朋友啊老朋友，我們在瞬間潮汐的人浪中能夠長久記得彼此的名字，當初只為興趣相投，倒不是為了買一個叫寂寞及財困的投資基金，十年後回報率以倍數計。

朋友本不是交來用的，一頓頓無所不談的飯局，無聊的玩笑，無事也無間地插在日程表中，昨天摔了一跤的近況融入日常生活中，就算是好朋友了。恃著知交之名，在心中知道有個人永遠在你背後，那份安全感讓大家失去危機意識，友誼無疑接近萬歲，當年情卻面臨老化，老是窩心的，化，是寒心的。高貴的是總在你背後，但你轉過頭來他的真人不在你背後。膚淺的是所謂酒肉朋友如一個即時溫泉，的確只能鬆弛減壓一會兒，可惜每個人的軌道真的恰如在偶爾疲乏時享受路過不同水質的溫泉，在狹窄的泉水中想著這等小事，別驚動細水長流如海深的老朋友。念及望著一個月亮，記得情常在，忘了朋友如衣服，舊的穿到最合身舒服，但出門時總是挑莎士比亞的新衣。

只是老朋友啊老朋友，
我們在瞬間潮汐的人浪中能夠長久記得彼此的名字，
當初只為興趣相投，

倒不是為了買一個叫寂寞及財困的投資基金，
十年後回報率以倍數計。

一件睡衣的污垢

亦舒常常言道：「過分親近會帶來輕蔑。」

輕甚麼蔑？當然不致於因親近而看見你原來是個失德敗行的人那麼嚴重，僅僅是你不介意穿著不夠全新潔淨無垢的睡衣去跟交心的朋友在家裡交心，已足以種下日後輕蔑的種籽。

我們與所謂知己和俗稱自己友見面，本來無須守禮若此，必得要以踢死兔⓯見面才能保持形象，而且既是交心，還有甚麼形象可言。

但人是一種不能自已的複雜動物，穿過一件髒睡衣徹夜長談，即時的反應自然是有自家人的親切感，彷彿最後一道防線都給那睡衣上的污跡打破了。而危險正在於最後的防線都失去以後，那道污跡慢慢就變成一個兄弟淘開玩笑的題材，慢慢變本加厲，例如拿你的衛生習慣嘲笑，直到你覺得在他面前有點自我感覺不甚麼良好的狀況。

15 Tuxedo，燕尾服。

友誼當然不會因此而不能永固，卻無端有了污跡。這世上，除了在連糞便都是香的失心瘋狀態下的戀人，是沒有人願意給任何人經常點破你死穴的。

睡衣的污垢，微不足道，但因著那睡衣帶來了誤解，以為親如兄弟，就可肆意進入對方的私人禁區大舉忠告這個指點那個，不懂得只說三分話，留餘地與尊重，給空間對方自己反思下去，最好的朋友就夾雜了導師的成分。

問心，見導師，一個月一次就夠了，誰想每星期見一個在你的私隱中出入自如並時加批評的導師？既不能互相尊重，即使是沒有惡意的輕蔑，也足以令一段友情變質。淡如水的君子之交，一生見不上三幾次，固然無濟且無癮，親近到看過他刷牙後吐出來的液體，後遺症又不能看輕。拿捏相處距離的學問，比捕捉股價還接近藝術。

溫馨的小人

何謂君子，君子的相對一下子就跌到淪為小人。

要淡如水才是君子之交，酣如蜜的竟然是小人之交，那難怪很多人都寧願做真小人了，起碼有個岳不群墊底，顯得真性情一點。

我不是君子，卻有君子之交往經驗，那種一兩個月通電，約一次晚飯，聊聊近況，吃不到兩個小時，便要散場，比水還淡，能理解的是這種距離可保友誼萬歲，不明白的是如果大家都是君子，即同聲同氣，為何怕脫下金鐘罩後會有碰撞，過分親近會帶來輕蔑，但為怕考驗而讓生命中的君子疏遠得淡如水，未免不夠朋友，一個人有幾多個兩個月？如果真是好朋友，一個禮拜見次面也不嫌多。

朋友間最溫馨的事莫過於忽然打到家裡來，快打開電視機看看，有誰誰誰出場啊。是的，這都是小眉小目小人酣如蜜的所為，不過，這些小人吃飯都不用老早預約，多是撞日，且多數得以成事。而真相是，你的君子之交在和你短聚後往往會聽到他在電話裡約另一堆小人之交再有下文。多少知交，就是假君子之名而步入莫明其妙的疏淡如水，你不會在電話中跟他發洩到哭起來就是。

眼淚贊

能夠哭出來，總比情緒憋在心中贏得強人是我有益身心。

當眾哭，得看場合，可能有後遺，惹來不必要的揣測與關心。一個人哭，純粹把壓抑發洩淨盡，於生理是有好處，可惜的是，缺了一個觀眾。根據亦舒的觀察，嬰兒有時候啼哭也很會看場合，在大人簇擁下哭得比較起勁，獨自在床上哭，如果得不到回應，過一陣子見沒趣就會得停下來。

也會哭之道的成年人，當然更了解到眼淚觀眾的重要性。一般哭得不能自己，由眼眶到鼻孔都得到分泌的場面，都多得有熟人在旁越勸越痛快才成事，因為還可以邊哭邊訴心聲，越受憐憫越傷心，一次過把心事隨淚水稀釋。

獨哭，有一個不好的地方，是場面符合傳統冷冷清清悽悽慘慘戚戚的定義，尤其多心的傷心人會想起哭泣的源頭，又找不到旁人的耳朵，有可能淚毒攻心，得到反效果，因為悲傷的確是可以因放縱而給放大的。一個人哭，不妨運用淚水乾坤大挪移，看一些無關自身遭遇的電影或小說，但鼓勵自己為主角而哭，最好是因為飽經苦難之後有情人終成眷屬而乘機流下感動的淚，功效與為自己而哭其實一樣，都是得到發洩。臺語叫眼淚做目屎，屎，是消化後得排洩的廢物，眼中的糞便，會成為讓心房茁壯成長的肥料。

總有某天租約將滿

住客請記得

你可以不怕死

中學的時候，一個鄰班同學，有一陣子忽然消瘦得很厲害，不久再沒有出現上課，原來是在那麼年輕的歲月便患上癌症去世。而由那時起，便覺得死亡從來不一定是遙遠的事，別說意外，頭號殺手也一樣可以突如其來，並非你看盡所有醫學報告並徹底遵守到例如一星期吃紅肉不超過若干盎司，就可以真的斷絕癌症來襲。

這樣說不是危言聳聽，正因為那位同學臨終時所說的不甘心，彷彿有一件紅衣飄在半空中，令我很早就覺得需要正視有生必有死的必要。

直到現在，由一個青年時的基督徒到多年後改為信佛，能夠相信，畢竟是一種福緣。始終沒有通過宗教信仰解決生死問題的話，一想起人死如燈滅，大抵只有少數人可以灑脫到無所懼，無所覺，一般人念及燈滅，一想到自我意識永恆的滅絕，不是過分恐懼，就是逃避忌諱。只要回想一下，你跟友人談心：戀情、工作、事業、家庭，以至何時退休，退休後有何大計，有幾何會講到對死亡的看法，心理上有何準備。主動提出這個話題，不給對方以為你健康出了甚麼狀況，就是叫你別胡思亂想。

繼續在這個問題上有感而發，當然因為肥肥的死訊。病人固然得有頑強的意志力面對死亡的威脅，常用的說法，是一定要打贏這場仗。但，務實點，面對現實，這些仗不一定打得贏。打這樣硬的仗，要戒口，氣功，聽醫生指示準時吃藥，堅忍化療後遺的痛楚；又西為主，中為輔，又相信有心人所介紹的神醫，又或到高人指示的有靈氣的地點摸樹祈福，放生，改睡別的顏色的床單，掛滿一屋葫蘆，每多做一次就多一次希望，每做一樣又無進展的話，失望便越大，心理壓力大得等於背城一戰許勝不許敗，又怎能於抗癌的生理心理有益？

與其在這場無回報保證的搏鬥中盡力保持所謂樂觀，不如及早選擇達觀的心態。惟有對生死問題有了實質的答案，看透並無懼死亡，才是對抗絕症期間的兩手準備。除了上述的戰術，也要有足夠的心靈武器在手，對於有宗教信仰的人，輸了也是另一種贏，這才能達觀得來。

我不知道有多少抗癌勇士除了對肉身的狀況保持樂觀積極以外，也有在心靈上做過準備，我只知道作為身邊的朋友，最擅長的關心辦法，就是問候，送鮮花，講一些連自己也沒有信心的官腔說法，例如快些出院，我跟你再打十二個東，或是用說笑話的語調，講一些共同朋友的近況，問心，這都是善意的迴避。如果我們都對死亡沒有忌諱，那兩個字容或說不出口，對至親摯友，何妨也殘忍又坦然地放下一本書，舉例，一行禪師所寫的《你可以不怕死》？

多見一面少見一面

又要探病，是我大學時特別疼我的教授。其他校友通知我，並說他點名要我去探望他。這真是有點為難，沒見那麼久，我還能面對他容貌的改變嗎？見面又該拿甚麼做話題？我們從前常常討論高官的英語發言水準，這是否能夠讓我們打開沉默？

事實上，在不能不探病前，我的喉嚨居然又緊起來，這是我焦慮症最典型的象徵，天，我竟然視探病為一種難以承受的壓力，不願面對病與死。

半熟的關係，在人生軌跡中有過相交，我不能在淡的時候用濃的情緒來調節該有的反應。當然，只要在腦海中重新攪起已沉澱的回憶，遙想二十年前課堂內外的細節，還是會非常傷感的，多情應笑我，我是隨時會得在他床前哭起來的。但這對病人是最差的做法，而且為甚麼要這樣，為甚麼一定要讓我們拾回被遺忘的時光？

作為一個佛教徒，為生老病死而哭，是雙重的可悲，而信佛卻不能對他大談西藏《生死書》，則是一次徒然的會面，那麼，多見一面，只增加相互的牽掛，償了心願之後只得何必二字。太多牽掛，有違《生死書》之道。

幸好，老師的狀況還可以。他一見我來到，便說要記住快點離去，因為我很忙，別阻礙了我的時間，我想，那不失為一種幽默的開場白。他的耳朵有一邊已失去聽力，所以要跟他說話要俯身耳語，這樣反而減少了沉默時的尷尬。我只需要握手，保持微笑，眼神鼓勵，然後，他因為長臥病榻，缺少運動，手腳肌肉需要按摩，我便替他用萬金油按。感受著皮包骨的肉身，已不是第一次讓我身歷疾病如何剝奪病人尊嚴。

物傷其類，他朝君體也相同，所以我常常想像，有朝一日，該不該讓自己愛過的人或正在愛的人這樣赤裸裸來侍候。

不想留下一個本來已與美沾不上邊的印象，在最後關頭把失去尊嚴的一面成為存檔，為著這個原因而不讓愛人探病提早永訣的人，我想，一定固執得不能，但捨不得見那最後一面，又如何能把前生的業放下，早日遠離中陰身的境界？

未知死焉知生

子曰：「未知生，焉知死。」

很想氣憤地問，為甚麼不是未知死，焉知生？解決了對死亡的惶惑，才能安樂地活著，戰勝死之恐懼，才能勇敢地生活。否則，等如有算命的告訴你，你與你的未婚對象必然分手收場，這婚，該結還是不結？結，又用甚麼心態去過婚姻生活？當然，婚可以離，正如談一場戀愛不是因為有了白頭到老的保證才去愛上對方，不過，正是明知會分手收場也情不自禁，一定十分愛，一定懷著轟烈犧牲，有一天愛一天的忐忑心情倒數著生離的日子，然後用愛不在乎結局而是過程來安慰一番。

愛如此，生一樣，明知道死是必然而沒有為死後的世界備課，那麼，在現世再轟轟烈烈地活，也難逃倒數不安的心情，有一天活一天，是漫無目的地等死，而世上太多說法美化等死的難堪。有人活著是為了快樂，但越快樂越戀生，越戀生越怕死。

倒數中的快樂不過是誠惶誠恐的白開心，拚死無大害地說不枉此生。你可以說，我是秋瑾，一死喚醒革命的靈魂，為這個世界貢獻過後如燈滅也都生死得有意義。

貢獻？精神長存？長甚麼存？有多長，長不長得過太陽的壽命？連太陽地球星辰都總有滅亡的一天，所謂貢獻，即使大如改善國計民生，物質文明都不能永續，這貢獻，不過是尚存者的鴉片。請恕新春大吉就寫得這樣悲，可如果沒有因為一句未知生別談死而視死如忌諱，這只是清醒地看著開心果告別我們的反思。

超生破障寂滅忘言

常言道：「臨急抱佛腳。」

當年在醫院中對著垂危中的羅文說，這個歌詞是我昨晚幫你填好的，你早點出院就可以早點錄音了。那一刻，我自覺何等的虛假，然後怕忍不住眼淚影響病人情緒，逗留一會便逃離現場。第二天，一代歌聖便辭世，證明我像很多人只有勇氣對著危疾病人說白色謊言。

或者因為我有宗教信仰，總認為對瀕危病人談笑風生製造開心氣氛之餘，也可以坦然地談一下我所相信的無懼死亡的原因。來不來得及讓對方真正皈依也好，起碼有可能令臨終者敗給病魔而依然有釋然的感覺，比起純以意志力長期對抗肉身折磨後，「逝去反而是解脫」的說法，這種精神上的釋放，高一個層次。

是的，或許不止於對彌留者要這樣，我們其實可以趁必然衰敗的健康尚在時，不僅灑脫地說一句生老病死乃人生必經階段而把死亡輕輕帶過。有甚麼可怕得過連遺囑也要叫做平安紙的視死如不歸？

迷惘衍生滿天神佛，有人在絕望中放個菩薩像保平安，不過，有沒有想過在佛教中有多少個菩薩，菩薩的角色又是甚麼？如果平日信觀音會得借庫，那只是一宗續命的投資，只會燒香拜佛拜觀音，即使能保你這一次，別忘了還有一次又一次終將失效的一次，拜佛，卻從不嘗試了解佛教對死亡的看法，臨終時會不會帶著遺憾怪觀音不靈？

順變有理，節哀無謂

常言道：「節哀順變。」

對於朋友親人過世，最常說的安慰話應該是節哀順變。我們傷逝至傷身或餘生都留下陰影，當然是逝者不願意看見的，而掛在口唇邊的安慰之一也是：他會希望你好好地堅強地活下去。

我們對堅強的推崇、敬佩、讚揚、歌頌，有時會不會過了火，以致好心做壞事，逼得堅強是為了別讓眾人擔心、失望？令堅強成為加諸別人身上的壓力？

平時，在社會的巨輪中，已有自動機制獎勵堅強、淘汰軟弱，在生活上，遇上沒有上司監察評價的時候，何妨做一條軟弱的小草，假如生離死別是一場風暴，先折斷的就是堅硬而內裡空心的樹枝。對未亡人倒不如說一句，要哭就盡情大哭一場吧。

眼淚是減輕痛苦的必需品，男人流血不流淚，累人不淺，等於要求一顆由肉造的人心，無時無刻的強，也是累得要命。

電視特輯有某藝人提及肥肥因親人都在加拿大，故下班後一個人在家覺得孤獨，愛找朋友竹戰，更有官員讚頌肥肥時居然說她一生把歡樂貢獻給別人，自己卻對人歡笑背人愁。聽到這些事，這些感言，除了感慨一個開心果能倒過頭來安慰給她安慰的人，也不禁想起堅強的代價。

多少人在這些關頭會說，去世者已經到了一個平安快樂的遙遠地方，究竟是指哪裡？是西方極樂世界，淨土彼岸還是天堂主的懷抱，逝者生前及說這話的人信的是佛還是上帝？對不起，一個我不相識但陪著我成長的開心果，雖然按黃福全[16]定義並非朋友，但容許我有違陳淑芬[17]的意願，越想起她從前的笑聲越悲傷，但順變有理，節哀無謂。

[16] 曾任香港警務處助理處長。
[17] 肥肥（沈殿霞）生前好友。

笑喪

常言道：「知易行難。」

莊子的妻子死後，這位中國一代哲人打鼓唱歌，他對好奇的人解釋，他妻子自大自然而來，今回歸自然，自然可喜可賀，何哀傷之有。說得容易，聽得明白，但真正面對死亡，誰可豁達至此。那是自己的妻子，可不是淡如水的君子之交。

有時無情或通透只是一念之別。

魯迅也說過一個關於死的故事。有人的小孩滿月，賓客盡皆好話說盡，這孩子將來是要當大官的，這孩子將來是要發大財的，可是其中一個卻說，這孩子將來是要死的。魯迅乘機批評人性的虛偽，說門面話的受到歡迎，說實情的反而沒有好報。如此一來，我們每年都恭喜人家發財，其實是虛偽的行為，但誰做得出在新年祝人快點立好遺囑？雖然這也是一件早晚要做的事，且生命無常，越早越好，免得重蹈小甜甜的覆轍，錢少，一樣有人爭的。可是你試試下次拜年時這樣祝你的親朋戚友，看有甚麼反應。

還記得在張國榮的解慰宴上，黃霑曾跟我說，如果他死了，寧願讓大家笑著送他一程，他會事先錄下逗笑的片段，保證親友能破涕為笑，喪禮是不應該叫人哭的。我當時十分同意。

可是他出事當晚，我忍住不哭，以免增加他的業，但對不起，實在無法像他滄海一聲笑就笑送一位如慈父一樣的好朋友，縱然自問對生死也看得很通，平常也不大忌諱，常常說出來行遲早要還，這樣子的工作量與身子，還有多少年命？

他臨終前看的佛經就是《藥師經》，現保存在我處，我沒有勇氣去看，將它收在眾多佛經最不當眼處，以免傷情，知是一回事，行，又是另一個故事了。

西藏《生死書》教生與死，叫我們預早了解死亡。看完了，平常慣於做朋友心理輔導員的我，還是沒法理直氣壯地勸慰有親人離世的朋友。惟恐好心做壞事，說得太豁達，就風涼得不近人情。難道要跟魯迅的講法，別虛偽，跟對方說生又何歡死又何憾？

倘若喬峰不死

自殺會不會傳染？

從數字上看，找不到證據，自殺數字上升，有太多因素，人性本貪生怕死，該不會看見別人因為跟自身處境相同而死，便拿自己的性命去仿效。可以生的話，不會死，太平天下中自殺，問題不在外緣，而在內心。一念天堂一念地獄。

最近兩宗自殺案，令人感嘆「獅子山下」的精神似乎已隨歌者與填詞者而逝。

一向對「獅子山下」所代表的觀念有保留，苦幹、上進、賺錢，潛移默化成為港人不懂退的一元人生觀，但肯捱，總比輕易放棄好。勵志歌其實不該是只會唱好的精神鴉片，現實的因緣，並非你肯捱便保證有錦繡前程，更高的勵志歌，該讓人看懂能進能退，為錦繡與成就立下不止於衣食住行水準的定義。

最重要的是如何面對現實，失敗，得學懂接受，放下，再來，或改變人生觀，轉移追求目標。

死者為大，本不宜置一辭，但三母子為失業欠債而燒炭，為甚麼不申請綜援？孝敬母親，不出國而去海洋公園觀魚，是否能體會身無一物的魚兒，天生天養的道理？不能支持第一城七千元租金，長期失業，未能等及公屋，總可以暫時搬到分租的板間房，議員在此事上又怪到政府頭上，對收數手法管制不嚴，正如三母女遺書怪追數公司害死他們。

但欠下的百萬之數，高於貧窮線的必需消費，刷卡是要還的，情與義不可能在放債人牌照號碼上找到。議員要政府膨脹到甚麼程度，換來的選票也不足以治好人民對生命的珍惜。貧確然難捱，安貧樂道的情操至少要有道路可讓人脫貧。

但如果以為所謂成功不用捱，卻又誤會了烏托邦與幸福是必然的，那就是愚痴。另一名會計因得不到多年老闆的信任，因為遭誤會而以死明志，換來清白，以及其丈夫一生的傷口。如果死者能在死線上聽到一首讓人破執的歌，回頭看，可能有機會明白，人不是受這樣的冤枉就是被別人誤會，既自信清白，便足夠了，毀謷於我們的潔淨何有哉？人言可畏，清者不一定自清，都無關痛癢。

受了多年儒家的觀念影響，是時候讀老莊了。死讓自身輕於鴻毛，在沒有煙硝的福地，沒可能重於泰山。

即使是喬峰，也沒有非死不可的理由。當初在漢遼兩難中自殺，以為可以保住和平，可以免遼人犯宋，倘若喬峰在金庸筆下有知，發現宋之亡，亡於內部，而非遼兵，不曉得有否後悔。最諷刺的是宋亡以前，金先把遼滅了。正如很多為失戀而痛不欲生的人，多年後得遇前度，我想，都會驚覺自己當年何以為此人癡得左右腦失調。

往事縱不如煙，但時間會把當年的大事縮小，變成哭笑不得的小插曲。不想說螻蟻尚且偷生了，不如直接殘忍地說：「死亡遲早都找你，切勿憑自己。」可能比較科學而務實。

去你的傳奇

螻蟻尚且偷生，身體髮膚受之父母不可毀傷，死有輕於鴻毛有重於泰山，退一步海闊天空，時間會治療所有傷口，明天會更好，好了，夠了沒有，有效與否？因為耳熟能詳，至理明言早已失效，如果我們都只懂拿這些接近政府公益廣告的訊息，來挽救打算自毀的人，無疑是不合格的社工，高估了自己的談判員。

如果你的朋友站在屋頂上為失戀而尋死，危急之中大抵也只能把大量褪色的金句脫口而出吧，難道還有時間滔滔不絕，說甚麼痛苦的來源是把自己放得太大，一時的打擊回頭看只是人生小插曲，舊的不去新的不來，失戀是迎接真命天子的預備動作，悲傷是學懂快樂的課程，過程也是一種結果？是的，黑色的幽默結果是可能會讓尋死的人聽得耐人尋味，冷靜下來消化愛一個人的收穫，失去一個人的得著。更大機會引發的反應卻是別嘮叨，你們都不明白我。

是的，子非魚，焉知魚之苦。太多人認為所愛的人獨一無二，忘記了只有親生父母才是天下無雙，太多人覺得自己的苦難與別不同，不足為外人道。太少人嘗試耐心看螞蟻，在人類視力中縮小了的生物，整齊地排著隊蠕動，每隻螞蟻有甚麼不一樣。

人們都不明白你，那你未免把自己的生老病死怨憎會求不得愛別離種種必然的痛苦看得太傳奇了。去你的傳奇！

電影《尋找周杰倫》中，有一個有趣的場面，傷心女子過關，問關員，你試過失戀嗎？那關員似笑非笑，答道：你問問後面排著隊的人，誰沒有失戀過？

冷血地羅列一下自殺的原因，欠債，欠收入，絕症，憂鬱病，都是實的，失戀？比眼淚更虛，把那失掉的人找回來纏著你就地求婚生子，可能嚇得你夢中驚醒，悔不當初把失戀的快感美化。連屈原為表愛國憂民而投江身亡我都覺得都是愚忠的蠢行，何不將有用之身著書立說寫些「說君難」之類有益後世？在觀龍樓尋死的那位失戀者，連累了意圖拉住他的朋友一同墜樓，他的鬧劇製造了別人一家的悲劇。

無名氏的遺書

常言道：「人之將死，其言也善。」

大概大部分人都得在臨死前，因為再沒有可以失去的，在生命最後的時刻才活在當下，講出最想講的，最敢講的。不過，我只能同意人之將死，其言也真，因為再沒有說謊的必要。

有很多本書都叫《名人遺書》，好看在這些人都是對世界有影響力的人，一言一字都是在生命的火柴末端燃燒到最後，爆出來的煙火特別燦爛精彩有效。無名氏，也許亦意識到遺言特別受人注意，故也情真意切。所以，我們會常常聽見：他臨走前有沒有甚麼遺言。

這不是不可憐的，一個人平常不見得受這麼大的關注，要到死後才得到親友，問最後一句話，問有何心願未了。其實除了名人遺言值得出書，有可能的話，普羅大眾的遺言也值得結集起來，將人之將死的心理狀態分析研究，有幾多放得開，有幾多不甘心，有幾多用最後一口氣擺平家庭成員的不和，有幾多著重把遺物分配。我聽過一個患癌早逝的中學同學，留下：我很不甘心，我還有很多東西都沒有試過。

我們還未死，但也不知道甚麼時候會死，何妨玩一個遊戲，一年模擬一段遺言，多年後倖存的話，回頭看，一定有如在顯微鏡下觀照自己最真的一面。

人的想法隨成長而流轉，從關注自己的名牌如何分配，著眼到對親友的期望，看一看自己在活著的洗禮下有沒有擁有更多，或是放低更多，不管有沒有想得更多或更少，起碼，可以從模擬臨死的願望，看到活著的方向，也可以不那麼忌諱死亡。

生有涯

有次飯局，一小友送上一大堆書給倪匡，老頑童一看，把那些甚麼非洲獵豹的東西都棄在一旁，並大喝一聲，我都快要死了，還要害我花時間知道這些來幹嘛，不如看小說來得快快活活？

另一個場合，是個小型頒獎典禮，因為他老人家比較老實，真的依大會告訴他的時間準時到場，大會場地又小又亂，頒獎前大會嘉賓又愛出風頭恨不得把一生要說的話在臺上說完，我比較聰明，遲很多才到，倪匡一見我如見救生圈，並不斷發炮：「我快要死了，還要我憋在這鬼地方多久，我與老婆見面的時間又少了兩個小時。」

倪匡常說，快要死了快要死了，他並沒有不治之症，且快活無掛礙得很，吃自助餐都吃得樂上半天，並沒有浪費他的生命。

我最近也效法了他，「我快要死了」成了口頭禪，我還有很多書未看，還打甚麼麻將。不是真的相信自己快死了，只是覺得時間永遠無多，與其花八個小時娛樂，不如用這時間把一本書看完。有朋友以為我開始想避世，我解釋了很多次看書對我來說跟看電影耍雀一樣是娛樂，只是我又像每個人一樣確實不知何時去世，看書有助我用有涯的生命去讓我的理想達標。你呢？你想在去到生命的海角時多看點獵豹紀錄片還是周星馳？

我們都是傻孩子

新聞播報員哭著報新聞，還是第一次目睹。是內地的播報員，關於陳堅。

陳堅，二十六歲，在瓦礫下苦苦掙扎了七十多小時，在場記者用電話讓他連線到電視新聞臺，向他的妻子報平安，救援人員經過六小時搶救，終於成功把他抬上擔架，可就在下山途中，他卻終於在待救時說了很多次堅強堅強後，一放鬆下來就返魂無術，在場記者哭著喊他的名字，搖他的臂膀，最後，給他做過人工呼吸心臟復甦無效的上尉對記者淒然說，算了，你們已搖了他半個小時了。

事發後，這個被稱為勇敢的靈魂，讓我想一回就流一次眼淚。但是我沒有依電視節目《杏林在線》的心理醫生說：看得太多悲情的新聞，會影響自己的情緒，可能會有後遺症，受不住就別看太多，可看看做做別的東西，分散注意力。我反而以心試法，在Youtube上把這「令人劃下眼淚的新聞」看了又看。

別誤會我是沉溺自虐，我是希望用這對自己殘忍的方法，能找到眼淚的起源及追尋到讓眼淚蒸發後可以得到甚麼的過程。

災後太多令人鼻酸的不幸畫面，為甚麼陳堅的遭遇特別催淚？是因為報了終於不能達標的平安，遺憾一？因為他說過不想孩子還沒有出生，連父親啥樣子都不曉得，遺憾二？因為覺得已從死神手裡逃過來了，現在有啥子都不懼了。結果死神沒放過他，遺憾三？

在反覆的心理折騰中，我發覺，最催淚的一句是那上尉輕撫著堅強失效失救的陳堅，感嘆道：傻孩子，都撐了那麼久了。

我嘗試解讀這句話，請恕我把自己看後可能引起不安的想法公開。

如果我們真相信能戰勝死神到長生不老，誰又不是傻孩子？在瓦礫中都撐了那麼久，一如一生人遺憾難免，心中也壓著一堆石頭，假如不懂放下，何嘗不是在存活中撐，從地球史以億年做單位的角度看，七十多小時與七十年一百年又有甚麼分別？我們比較少機會受天災的威脅，但不能找到生命終極的意義，何嘗不是一個為生存而撐一輩子的傻孩子？

軟硬兼師，堅強地挺住，或浸個溫泉忘憂，只是聰明地堵住悲傷，為長遠計，不讓眼淚成災，還得有知彼知己的智慧，堅強不只可以拿來抵抗悲傷，也可以是用來面對，接受，解拆悲傷，逃避跟悲哀見面，如何再見悲哀。

哀從何來，不妨自己殘忍地拿來解剖，看一下笑話只能轉移一時的視線，不是在傳教，佛教是對苦分析得最科學最人性最詳盡的宗教，佛經浩如煙海，不離滅苦二字。與其用比對法，用別人的不幸來明白自己身在福中，長遠而言無奈又無效。有些苦，要決心忘記卻更記得起的話，不如開刀把傷口翻開，拿出漏取出來的所謂無奈，就不會以別人的大傷口來掩埋自己的小傷口，沒有感染過悲傷的侵襲，又何來免疫的能耐，沒有柔性放下的手勢，何來自在的覺悟。

一如一生人遺憾難免，
心中也壓著一堆石頭，
假如不懂放下，
何嘗不是在存活中撐，

從地球史以億年做單位的角度看，
七十多小時與七十年一百年又有甚麼分別？

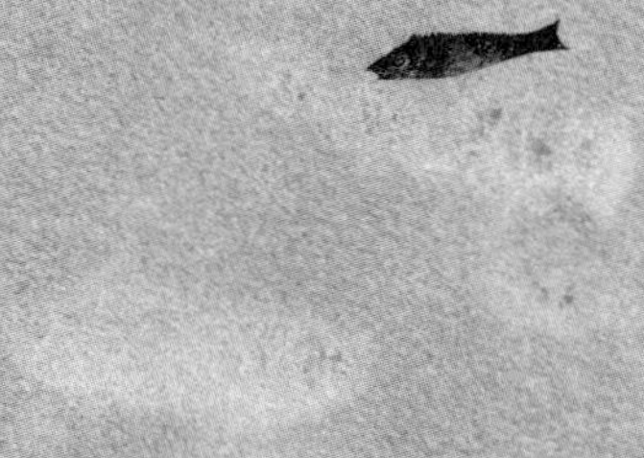

我們比較少機會受天災的威脅，
但不能找到生命終極的意義，

何嘗不是一個為生存而撐一輩子的傻孩子？

後話
原來你非不快樂

心理測驗：下列讓你關心煩心的是甚麼？

是政治委任風波禽流感燃油炸彈通膨沒頂全球金融危機四伏活像零三翻版？

是知道誰是陳智遠而發出我也想做陳智遠的幻想？

是李卓人贊成加強累進稅制反對減薪俸稅而憂心財富分配為公義而失去公道公平？

是四川地震死了多少人命該捐多少錢該捐到哪個機構？

是地震震出了多少地毯下的穢跡而為無辜的師生痛心？
是地震毀了李白杜甫的古蹟還是擔心四川災民心靈何日得以復元？
是油價狂飆惹來一眾行業示威擔心政府為保民望而用公帑為個別行業傾斜補貼？
是歐巴馬還是麥凱恩？是泰國動亂及緬甸災情如何善終？
是有多少西方大國元首終將出席北京奧運開幕式？
是好奇奧運前達賴有否機會跟中央領導人和談？
是不值美國電視主持人罵五十年來中國人都是惡棍？
是加入杯葛莎朗史東然後引發對何謂 karma 產生興趣？

是繼《醜陋的中國人》後再有一部《來生不做中國人》而痛心或是反省？

是胡錦濤與蕭萬長聊天後臺股是否可買入？

是美國公布的數據顯示美元大勢已去令投資缺乏方向？

是為內地通膨達到百分之八點三而擔心老百姓生活？

是為北極熊快將滅絕而可惜還是引伸到害怕地球也命不久矣而憂心或看破？

是溫室效應令北極將變成海道引起資源爭奪強國只顧北極殖民化而不衷心合力補青天？

是昂坪吊車屢出意外又有賓館旅客被逐而有失香港面子而為旅遊業憂心？

是怨恨政府令你家有一老而沒有安老院床位安置？

是盤算著搶米之後還該囤積甚麼才能抵抗通膨？
是怕從今以後都不能在香港吃到活雞的質感與雞味？
是關心劉嘉玲梁朝偉究竟會何時宣布婚訊筵開幾席多少錢買單？
是羨慕或妒忌陳慧琳事業愛情兩得意？
是覺得上司這星期開始沒給你好臉色看？
是家人有病但看遍神醫都找不著病因？
是愛人最近吃飯時常常看錶令你起了疑心？
是剛弄損了食指以致在鍵盤上接收網友送來的紅酒速度大減？
是傷風令你在床上看了很多爛片想起有人在旁便甚麼都好看？

是終於找到一處地方還可以望見黑夜中的星塵感慨藍天白雲不再？

是因此產生無力感進而發現自己的渺小？

是臨睡前看了本愛情小說淚流披面醒來發覺情節全忘記而痛心浪費了眼淚與時間？

是遺失了手機很不方便又不能決定該買哪一部才最合適？

是正在休假忽然發現沒有想去的地方沒有想做的事情？

是在多事之秋仍覺生活淡淡似是湖水悶出鳥來？

恭喜，恭喜最後一位幸運兒。
人無遠慮必有近憂。
一切不缺只缺煩惱。
事不關己己不勞心視野只及門前雪看不見無可改變的風浪。
能夠奢侈到嫌悶不失為一種福氣。
原來你非不快樂，得你一人未發覺。

人無遠慮必有近憂。

一切不缺只缺煩惱。

事不關己己不勞心視野只及門前雪看不見無可改變的風浪。

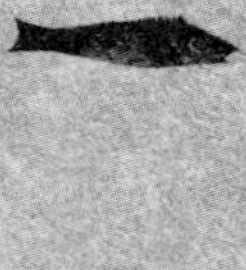

能夠奢侈到嫌悶不失為一種福氣。

原來你非不快樂，得你一人未發覺。

2008.12.23@北京清華大學

講座主題：我的快樂年代

—節錄—

當初想到這個題目，只是想起自己給陳奕迅寫過一首叫〈我的快樂時代〉的歌。

我在準備今次講座的內容時，發覺，每一個人總有些時候會想起過去，總會問自己那個比較快樂的時代是在甚麼時候，或者是甚麼階段自己最快樂？在準備講稿時，我好像發現自己的快樂時代寫不完似的，有很多不同階段的快樂時代。

我的第一個快樂時代，好，就從大學畢業後，當上大學的助教說起。那時候，一個星期，我記得只需要上十多個小時的課，要跟學生上課，溝通，但說的還是一些我比較熟悉的現代文學及當代文學，只是與學生討論一下，評點一下這個某某，那個某某的一些文學作品。快樂的地方，是我有好多閒餘時間，可以隨時跟我的同事，就是其他的助教來隨意的喝一個下午茶，然後再回學校去，上一個或者兩個小時的課。那時候，我的同事說過，我們現在好像未免太幸福了吧。我就說，對啊，我覺得真的太幸福了。我覺得，後面一定有報應的。

果然，不久之後，我的一個理想可以實現了，就是可以真正的寫歌詞，是有機會發表的。我在初中的時候，自己拿其他人寫過的一些歌來寫歌詞，沒有機會發表。那個時候也沒有部落格給人家看，寫好就放在抽屜裡，其實心裡是有一點難過的。

終於，我最想做的事情可以做到了，最初是很快樂的，那是我第二個快樂的時代。然後，終於有一首自己寫的歌，第一次在音樂排行榜裡拿到冠軍。經過一些商店，聽到自己的歌在播，那種快樂，現在已經找不回來了。

我想說的是，很多快樂，就好像終於完成了一個夢想以後帶來的興奮。那時，我還沒有找到寫歌詞最後的或者真正的目標。為甚麼我那麼想寫歌詞呢？當初我只是覺得，這個文字跟這個音樂結合是很有快感的一種文字遊戲，完全是為了滿足個人最想做的事情，沒有想過太多的。所以，那個時候自己第一次有首歌，可以在排行榜拿到冠軍，那份興奮，跟滿足了一個很個人的夢想後得到的快感一樣，很快就失去了。……其實，失去的速度也沒有那麼快的，只是經過，以後……一點一點一點的失去。

這個當然，我這樣說好像有點風涼。可是，當你慢慢習慣，習慣了很多歌都、都、都，都有冠軍的時候，我是很誠懇很真切的覺得，這個已經不再像從前那麼興奮，第一次，第二次，第三次……是開始有點麻木了。當然對於很多擁有這個夢想，或者正努力實踐這個夢想的人來說，好像很難聽很風涼，可是，起碼今天我已經不太在意，自己這首歌能不能夠拿到一個冠軍。

我的那個快樂，後來漸漸建立在一首歌，除了自己的滿足感，滿足了我的創作欲望之後，究竟我還有沒有寫了一些想法出來，這些想法又能否讓這個世界變得更美好呢？當我對寫歌詞有了這個要求，並且對這個要求越來越強烈了，要求越來越提高了以後，歌詞給我帶來的快樂時代，我覺得慢慢就結束了。正如我曾寫過的兩句歌詞：「走過一個天堂少一個方向」。這個天堂，可以比喻為我的某首歌，拿了甚麼金曲啊，金獎啊，金銀銅鐵錫之類的獎項。我想加強之前說的，要求歌詞帶出一些信息，但這個要求慢慢的就變成了負擔。

當然，除了這個所謂的事業以外，快樂的時代還包括談戀愛，談戀愛是一件很快樂的事情，也是可以橫跨很多個時代的。可是，談戀愛的過程裡，快樂跟悲傷總是混在一起的。現在我已經搞不清楚，在戀愛中，快樂跟悲傷的比重，或者是，它們之間的因果關係，我覺得要自己快樂也就不要搞清楚了。

談戀愛，中間當然也是要有個距離（邊說邊比劃嘴與麥克風的距離），這就好像愛情，兩個人太近的話，就帶來一些衝擊，好像麥克風太貼近嘴巴，會帶來太大的回授；但太遠呢，卻又擔心你們聽不到。所以說，愛情的把握真的是很難的。以前的麥克風都很重的，拿起來比較有安全感；現在這個太輕了，太輕的反而很難控制。我覺得人的心也是這樣子啊。比較扎實的一些東西，握在手裡會比較有安全感，這麼輕的呢，拿捏的技巧就要高一點。這亦好像我們應付一些外來的壓力一樣。輕的有輕的做法，你能夠輕到好像水的流動一樣，這個境界是很難的，亦是最高的境界。因為它沒有讓我有太大的負擔，可是，人總是犯賤的，有時候會自己願意，扛下很多比較重的東西，好像這樣比較有分量。

往後，就要說說讓自己尋回快樂的方法。剛才在說愛情，就以愛情的快樂時代為例。當愛情的快樂時代失去了，那時是很難過的，就如有兩句詩：「此情可待成追憶，只是當時已惘然。」從前以為是一些痛苦，但若兩人能夠擁有很多回憶的話，現在回望，好像可以置身事外，那些事已經不能再讓我的心回到當時那個悲傷的時候了。所以我說，當時傷心的我，心裡的那些悲傷是自己容許的，就像我幫古巨基寫過一首廣東歌，其中三句：「花舞花落／花不痛；天暗天亮／天不痛；心痛因為／心肯痛」。你的心痛是因為你願意讓心痛苦。

我覺得這就是我現在一種比較聰明的方法，要對比某一個時代是快樂還是難過，我就好像跑啊跑啊，跑到一個比較高的地方（沒有泰山那麼高，所謂登泰山而小天下），但跑高一點，回望自己過去的天下，現在看起來，就好像一粒塵埃那麼小了，看不見了。我現在看，好像是一個旁觀者似的，用一個旁觀者的角度來看自己的過去，把這些人生痛苦的經歷變成電影情節，而自己則變成一個看電影的人。看一些悲傷的電影，我可能還是會流一點眼淚，可是我相信沒有人會為一部電影流淚後，往後的一天還在繼續難過，難過到你的朋友、家人問你，你為甚麼這幾天的臉色這麼難看，然後，你跟他們說，因為前天看了一部電影，那個結局很悲慘，讓我難過到現在。我想任誰也不會，我亦不會的。

如果做到好像從一個第三者的角度來說自己的往事，這有多好。我記得寫完古巨基這首歌的歌詞以後，我自己也哭了。當時是很有快感的，好像歌詞真的感動了自己。所以我覺得，那個快樂時代中悲傷的事情，時間能夠治療自己。就算治療不了，時間也可以改變一個人的想法，除非一個人完全沒有成長，或者隨著成長，但對自己、對這個世界的看法一點也沒有改變，我覺得這樣的人也很無趣吧。

實際上最有趣的地方是，同樣的一句歌詞，不同時間看會有不一樣的體會，例如我寫過一首詞，主旨是：「我跟我曾經深愛的人後來變成了朋友，像說別人的故事一樣說我們的往事。」這樣與舊愛人這麼坦然相對，我從前覺得是很悲哀的事，現在，我覺得如果兩個人能夠坦然到好像說著別人的故事，這證明你已經真正的超脫了，已經逃出那個給過去局限了的心情範圍。

第二個讓我自己也覺得快樂的方法，靈感其實是來自陳水扁的女兒說過的一句話。當那個第一家庭被警員搜捕的時候，陳水扁的女兒向母親說了一句話：「怎麼會變成這樣？」這個答案可以很簡單，「原來是這樣」了吧。對他們來說，本該想到會有這樣的結果。後來我覺得，為甚麼她會有這樣的一個感慨呢？可以拿歌詞來舉一下例子。〈富士山下〉的歌詞裡，提到「為何為好事淚流」、「何不把悲哀感覺假設是來自你虛構」，就有這個意思。以科學的角度來看，無論你是為好事還是悲哀的感受流淚，淚水本身是沒有分別的，淚水就是淚水，總之你開心又會流淚，悲哀又會流淚，原來就是這樣。正如當她感慨「怎麼會變成這樣」時，難道他們不知道自己做的，原來就是這樣嗎？我現在有一個習慣，就是把一些發生了的事情，儘管它是一件很小的事情，我都會把它想來想去，反覆地想，好像一個思想家一樣。你就會發現，任何事情都可以看成「原來是這樣」的。就算是一些大一點的事情，我都會面對它，而且把它打開來看一下，看到透明為止。我覺得這樣，你就會發現，「原來是這樣」的。

「原來是這樣」的話，既然我已經用一個比較科學、比較理性的一個角度把它看透明了，我覺得最後的結論就是，原來是這樣的。因為原來是這樣的，現在面對這樣的結果，那就好像沒有甚麼大不了，就比較容易能夠保持一種平常心去看待一些事一些人。

最後一個，就是我常說的方法，就是把自己縮小，縮小一點，再縮小一點。本來我的人已經夠瘦的，已經夠矮的了，可是還是不夠，縮到好像一粒沙一樣。一粒沙就不會承受甚麼大的風浪了吧，吹到哪裡就是哪裡，也不擔心了。所以我覺得這樣子好像很自在，把自己縮小。可能這個比較太概念化了吧。比如說，有人在罵我啊，有人在罵我的話，我根本從來沒有把自己當成我是誰，我只是十三億分之一的中國人，那些所謂的甚麼，我都覺得沒有關係了，因為根本我就不是誰，我只是十三億分之一。

其實每個人都應該有些時候這樣看自己，自己如果不是甚麼偉人的話，有誰曾經傷害過你，也顯得不太重要，如果你是一根羽毛的話，應該可以做到刀槍不入。為甚麼會刀槍不入？因為你根本就沒有重量的，輕飄飄的捉摸不到，他就不能夠傷害你。另外，比如說愛情的傷害，我曾經寫過一些歌詞，亦想過一些方法，一些比較好的方法，就是跟自己說，他也沒有拿甚麼汽油淋在我身上，然後打火來焚燒我，那麼，我就不會死掉了嘛；他也沒有拿刀來砍我，因此，我也不會死在刀下啊。他只是用一種很抽象的，莫名其妙的一些眼睛看不到的東西，以為可以傷害到我，其實因為我的眼力比較差，而且我個子比較小，我已經成了一根羽毛那麼輕那麼小的時候，我甚麼都看不到，那個時候呢，我就會刀槍不入了，那就不會覺得痛苦難過了。

2009.03.21@香港浸會大學

講座主題——就算天空再深 原來你非不快樂

—節錄—

在金融海嘯下，事實上是無人不受影響的，就算你幸運「走甩晒（及時脫手）」手上的股票，但事實任何一個打工的人，有供強積金（退撫基金）的人都有損失，當然損失沒有嚴重到像雷曼苦主那樣。但如果經濟的損失叫你從此不再快樂，那麼，你得問一問自己，原來你的快樂是建立在社會經濟，建立在GDP，建立在每個月薪水有多少錢之上，那麼你來到這個世界是為了甚麼呢？

假如你給自己一個很簡單的答案，就是為了快樂的生活。那麼我生活的快樂是建立在哪裡呢？是否建立在一間呎數比較大的房屋？我不能太虛偽，呎數較大，的確比那些呎數小到「陰公」，打開門便是床的會好一些，但是你的快樂是否就純粹建基於一個寬敞的客廳之上？

甚麼叫做快樂的生活呢？我真的很討厭做這些歸納，但為方便大家理解，那就歸類——衣食住。

衣食住的水準越高，是否就能使你更快樂地生活呢？我今天是以一個病人的身分來跟大家說這番話。如果我不是曾經為了衣食住，追求一些所謂完美，今時今日，我就不會坐在這裡。

先說衣，以我這件衣服，都出現過好多次，我這頂帽也已經戴過好多次。我們又不是明星，又不是上班要靠衣裝，你以為真的「先敬羅衣後敬人」嗎？如果真的因為敬那件衫才敬你，那人都不值得你看重。我曾經在香港大學有過這樣的分享，我說自己當時裡面穿的是一件很髒的內衣，裡面有些污漬洗不掉，原本要丟了它，但這樣會浪費耕地的棉花，加上作為一件內衣，它有多醜又有甚麼關係呢？就算給人看見了，因此而被視為乞丐，又如何呢？最後我真的沒有買一件新的，而當然，我都曾經買過很多名牌。

穿衣服可以很便宜，穿得舒服就可以了。你又不是常常照鏡，著得漂亮都是給別人看，為甚麼益人眼福，那又沒有錢收的。我穿這些衣服很舒服，我是每天也穿這些衣服，那又怎樣，和尚也是每天穿一件袍，只要洗乾淨就可以。就算有洗不乾淨的污漬，只要是底衫，別人看不見的，那又有甚麼所謂呢？但看見了，那又如何？快樂不會建立在你的衣服上，若然你的快樂是建立在時裝的甚麼潮流上，那你就「有排」追了，追到死也追不到。好像每年都推薦一種顏色最流行的，那你便去跟了。這叫型人嗎？有型的人怎會跟別人做同一樣的事呢？有型的人做一些獨特的，做一些自己覺得開心的事。

至於食，我們需要用來維持營養和健康的，實際的量是很少的。其實我們已經是吃得過分多了。任何人都想追求吃得好一點，但是好吃的東西，不一定是貴的。按我自己的經驗，我覺得最好吃的東西，就是最清、最原始的東西。但好不幸，今時今日我們要吃到一塊原始的豆腐真是不容易，但我衷心覺得「魚翅撈飯」的魚翅有多好吃呢？魚翅是沒有味道的。其實如果你能好好運用鈍感力，就會知道其實不用這樣。你從來不吃魚翅，哪會渴望食魚翅呢？魚翅有太多物質可以代替，使你覺得口感差不多。如果不是為了維持營養健康而好好地享用美食，那麼美食不一定是貴的。原來你的快樂只是建立在今晚吃甚麼之上……唉……。

五味令人口爽，所有舌頭終歸都會麻木，讓你每天也吃魚翅鮑魚又如何呢？你一定會吃到生厭的。我作為一個茶癡，為何常常喝這些樽裝鐵觀音呢？就是因為我喝得太多非常好的鐵觀音，已經喝到分不出好壞了。因此我叫自己一年之內都喝這些樽裝鐵觀音，當回歸好茶時，自己會更珍惜真正的茶味，發現原來茶是多麼的好喝。

關於住，我自己也是過來人，住是影響香港人最大的。因為高地價的政策，使很多人都住在一個小屋內，狹窄的空間令自己失去了應有的呼吸舒暢。但是，很小的屋，要睡「碌架床」至很大的屋，我都住過。我很開心，曾經試過「浪費」過很多地方，我就試過房子大到想不到其中一間房間還可以用來做甚麼好了，那也真夠「墮落」吧。我現在就以一個病人的身分告訴大家，屋子大對於快樂生活來說，其實沒多大作用的，沒關係的。我最愛的活動是看書，看電影，聽音樂，書可能需要大一些的空間，不過放得聰明一些，書放得都可以很「節省」地方的。我發現，住那間大屋，我來來回回走動的卻都是睡床、工作的地方、書房三處，就算看電影也是那部在睡房的電視機吧。那麼，要這麼大的地方又有甚麼用處呢？我當然明白，有時想養一缸魚都好像沒有地方放，會有點不爽，但那就養一缸較小的魚好了。你不要為了能夠養一缸大的魚，就去做一些自己不喜歡的事情。那其實就是金錢的問題，你變成了被金錢勞役，不是你去使用金錢。

有很多事情，所謂不快樂、不滿足、欲求未滿、例如因為這場金融風暴帶來的損失，既然損失已是不可改變的事情，我們可以怎樣呢？難道要打家劫舍搶回來嗎？沒用的，既然已經損失了，你還常常想著自己損失有多大，不如你想一想，你可以不依靠這些金錢而去養一缸較小的魚，住的房子小一點，你發現一些很基本，能使你可以開心的東西，原來還沒有失去。那損失的一筆金錢，能買到一種千金不換的對於生命的看法，我認為是一種看似無奈，但是額外獲得的利息。是虧蝕了，但仍發給你一些利息，那利息就是告訴你，我們曾經在記憶中出現過快樂的、不快樂的片段，原來也可以與這場金融風暴沒有關係。這個時候，我覺得如果「平平地」的，這個教訓……都不能單說是甚麼教訓，這個簡直是一個很大的得著。而這個得著亦是值得付出代價的。

香港積習下來很多不好的價值觀……不說好不好，價值觀沒有不好，那只是一些使我們很辛苦的價值觀。我很簡單舉一個例子：很多時候我們有好多icon，其中一個身分的icon，叫做「牛頭角順嫂」。順嫂，好像就指那些沒甚麼知識的人。那為甚麼是牛頭角呢？因為那是經濟能力沒那麼富庶的一區。這定性了一樣事情，「牛頭角順嫂說的話你都信嗎？」我們為何要這樣標籤一些東西，為何這樣順口就標籤一些人為順嫂？你不是順嫂，你怎知道順嫂生活得雖然沒有你那麼有錢但比你快樂呢？住在這個牛頭角，跟住在春坎角（赤柱豪宅區），老實說，我不是病人，我不敢說這句話，我不是真的非常有錢的人，我不敢說這句話，但我保證和你說，真的各有各的煩惱，各有各的不快樂。不如我用一個比喻，如果有人買了春坎角，他難道不會日夜擔心？金融風暴來的時候，第一個驚的人就是他，因為首當其衝的就是豪宅。如果你住在牛頭角，已立在不敗之地，你就跌吧，能跌成怎樣。你住得大，有多厲害呢？不少人都說過一句很經典的話：人死後佔多少地方，六呎罷了。

就是因為這樣價值觀的問題，大家有看過無論是甚麼飯局還是訪問，會去訪問一些不富有的人嗎？沒有吧。就算不是那些上百億家財那些，起碼在事業上，年薪有幾百萬的人才有資格上這些訪問。為甚麼會這樣呢？而這些訪問往往都說會邀請一些成功或知名人士。知名人士有兩種，一種是犯了罪，所以有名的；另一種是事業有成的，而所謂有成的標準，大家一定好明白我在說甚麼，在職位上至少也要是CEO。

我有時真的不明白，為何成功的定義，不是有錢就是有權力的人，或至少在一些機構裡做到「第一把交椅」的人。為何一定是這樣的人才算是成功人物呢？其實我們問一問自己，你覺得怎樣才算是一個成功的人？在我心目中，最成功的人就是那些能夠不受周遭環境影響而活得快樂自在的人，那是最難的，亦是最成功的人。可惜，那些訪問從來很少訪問這些人。為何會這樣呢？

香港很流行小時候寫甚麼我的志願，老實說，不要寫吧，寫來都是假的，都是應酬的。大家不要寫應酬的東西，自己問心，當我們報讀某個科目時，你是因為對那科目有興趣，還是認為那科目能為你賺更多的錢呢？我不是宣揚金錢是萬惡，金錢當然非常有用，還真是「好使好用」呢！我見過有人，他說他年青時說過金錢是世間最可愛的東西，到今天，他仍然覺得金錢是好可愛的東西。你懂得使用它，它就當然可愛吧。你不能夠純粹為了用錢買一些不必要的東西，而放棄了一些你必需的東西。必需必要的東西與你想要的東西是很有分別的。

但我們很少問自己，無論父母、教師，或者是一些好像很有人文性的傳媒節目，很少會問一個問題：你究竟想成為一個怎樣的人？這個問題的答案，我猜多數也是先說職業，「我想成為一個醫生！」我有一個朋友說想成為一個醫生，我就問他為甚麼，他說想成為一個小兒科的醫生，因為醫好了一個小朋友，他還能有很長的生命，而老人家呢……我就說這樣說雖然有些不仁，但亦有你自己的理由。結果他現在成為了一個龐大醫療集團的CEO，是一個上市公司的副主席。我也不知結果，他醫好了多少個小孩。

想成為一個怎樣的人，換了是我年青時，我想我一定會答，在我中學時期已很清晰的回答：「我想成為一個填詞人！」做到了，做到很久了，做到好多年了。但我為甚麼沒有想過，我會答：我想成為一個開開心心的人，我想成為一個能夠找到一個相愛的人，一起吃個杯麵的人。杯麵夠便宜了，如果與喜歡的人一起吃，你就知道那是很好吃的。對我這個病人來說，其實很多想法都寫進歌詞裡，那的確是真的。

在我少數出席的一些有錢人的盛宴中，吃了很多好吃的東西，但食之無味，而且還是「背脊骨落」（食物不是從食道下去，而是從背脊骨下去，形容非常難受。）對比起我與好朋友在街邊吃一串魚蛋，更不要說是與情人一起了，這真的會開心得多。我說這些，可能說來很老套，但我真的各樣都試過了，那是真的。

我想成為一個怎樣的人，我以前不懂得；我答想做填詞人，因為這是自小的願望。你如果再問我為甚麼，我會答我很迷戀文字與音樂的結合，我以前會形容那是「文字與音樂結合得天衣無縫的一場舞蹈」。今時今日，我覺得就算寫一首歌詞寫得好好，好是指文學上的好，是修辭上的好，或者是可以勾起很多人的眼淚，網上的人說很「到肉」，聽完哭了幾晚，我覺得這只不過是文字與音樂結合得較好的一門手藝而已。如果寫歌詞寫到這樣就滿足的話……唉，這個手藝是很難的……我會覺得這等如在一粒米上雕出一部《紅樓夢》，這又有甚麼益處呢？玩這個遊戲這麼多年。

因此，有些事真的要常常問自己，問得多就自然會出到一些比較對自己沒有那麼執著的看法。所謂的執著，其實就是說，我們其實很多事情都可以選擇的。想有得選擇，就得先從放棄自己的習慣開始吧。譬如我習慣了很勤勞工作，這不是叫大家懶，但千萬不要勤勞得像我這樣，你看我這個樣子，不是那麼勤勞就不會變成這個樣子。不要為習慣所累，我習慣了太過勤勞，可不可以不寫那麼多呢，但我十分喜歡寫，有就寫。我衷心說一句，我寫歌詞不是為了賺錢，只是我真的太喜歡寫歌詞。

我沒有問過自己一個問題，我究竟是想成為一個懂得及時行樂的人，還是想成為一個完全將自己燃燒出來貢獻給世界的人？及時行樂所行的是一種怎樣的「樂」呢？而燃燒自己的人所燃燒出來的又是甚麼來的？如果燃燒出來的東西連我自己身體都承擔不到，讓燒出來的東西，由原來的是治憂鬱的藥，卻變成會傷害身體的毛霉菌，雖不會毒死很多的人，那又何必燃燒呢？所以經常要問自己，你想成為一個怎樣的人。

我們為何要等天重開？為何需要靠天去決定自己快不快樂，影響自己的情緒呢？

〈太陽照常升起〉這首歌，我想帶出一個主題，就是在《道德經》中老子的一句話：「天地不仁，以萬物為芻狗。」上天是沒有仁與不仁的觀念，對不起，它不會對人類特別仁慈的，不要因為太陽照到你，你就說「仁慈的太陽呀」。這個我也寫過，「陽光正仁慈地滑過睡床」，我們從科學發展觀來看，太陽是不會仁慈的，感謝上天照顧農民，落雨之後有收成。它何時照顧你呢？天上積雲太多便自然落雨，這是天然的循環不息。太陽照你？它是照你的，它比黑社會更有「義氣」，它一定照著你的，但是它不知道的；當太陽被雲遮蓋，你就會覺得它不照你。

這世界沒有永遠的雲，亦沒有永遠的甚麼……雲和你是沒有甚麼人情可說的，好像股票一樣，千萬不要跟股票談情，不要跟太陽談情。Tomorrow is another day，但亦同樣是，所謂的未來，它是還沒有來的，你怎麼會知道呢？難道世界真是有那麼多玄學天后麥玲玲嗎？未來的既然不知道，那麼我想說的就是「以萬物為芻狗」，大自然循環不息，在大自然的規律裡，我們只不過等如一棵小草，或者隨便一張廢紙，是沒有人理會的。決定你的價值，決定你自己的，是你自己，而不是指望個天空。

甚麼叫天空？大家想深一層。有人曾經問色即是空，空即是色是甚麼意思？算罷了，有些事情是很難解的。英文叫sky，中文叫天空，為何有一個空字？其實就是本來無一物吧，本來是「空」的，甚麼叫天空呢？是甚麼都沒有的，只是人的視覺可以看見一片藍，其實那只是大氣層。

2010.01.09@臺北誠品書店

講座主題——《原來你非不快樂》讀者分享會——節錄——

林夕：甚麼叫樂觀？一般來說，假如快樂真的可以學，一般人都會告訴你，凡事要樂觀一點，面對金融海嘯，面對那個逆境，以一種樂觀的心情來面對。可是我覺得這樣子也不是辦法，自從樂觀到出現了一個新名詞叫「審慎樂觀」後，我覺得很奇怪，你樂觀，也要審慎，你在理財嗎？審慎理財就有，審慎的樂觀，那是甚麼呢？人的心態可以怎麼調適過來呢！

「審慎樂觀」的意思是否我很樂觀，但我又要很審慎的，很小心的。我從來沒見過一個很小心翼翼地樂觀的人，也沒有見過一個很小心翼翼、步步為營地快樂的人，所以我說到這裡，是想說，快樂本身是很難，或者是很難刻意地去樂觀的。如果一個人要不斷地叫自己加油，不斷地鼓勵自己，跟自己說：我很樂觀，我永遠要有一種正面的能量來過我的生活，我很快樂，我覺得這樣是很難的。

有一齣電影的其中一幕給我很深刻的印象，可能在座各位比較年輕，沒有看過這個電影——《阮玲玉》，張曼玉主演的。其中一幕，阮玲玉自殺之前，她的兩句獨白，就是：「我很快樂，我很快樂」。請問，她說這話的時候，你猜她的心情是快樂還是難過呢？她是很有誠意的嘗試地告訴自己：我很快樂。於是我當然就聯想到一首歌，就是〈我的快樂會回來的〉，特別是那個副歌的部分，不斷重複「我的快樂會回來的」。有一陣子我就常聽這首歌，就覺得這可能也是很多人安慰自己的方法。面對難過的時候，會常常很用力的告訴自己：我很快樂，或者是我的快樂會回來的。我覺得，這樣念念不忘的告訴自己「我是很快樂的」、「我的快樂會回來的」其實也不是辦法，這個簡直讓人越看越悲涼啊！因為看到一個人就是很在意自己究竟快樂還是不快樂。

我的這本書《原來你非不快樂》，港版剛出版的時候，收到很多不同讀者的回饋或是反應，其中一個叫我最意想不到的，是在網上看見的。那個讀者的意見是蠻有個性蠻有特色的，所以我現在對他的話也念念不忘，他的話亦啟發了我一些想法。那個讀者的意見是：「為甚麼要那麼苦心的告訴我們，我們需要、必須要保持快樂呢？」

雖然我覺得這沒有不好呀，書，有這個主題，我嘗試把我生活中關於快樂的一些經驗一些體悟寫下來，可是，我覺得在我們實際的生活中，你真的不必常常提醒自己或是告訴自己：我必須要快樂地過我的生活。

Q1：我每次讀你的詞，都會覺得非常的非常的悲傷，還有一種，就是對現實完全無可奈何，就是做甚麼事都沒有幫助，有點像是王家衛的電影。所以，我沒想到今天你來到是要跟我談快樂。你所講的快樂，就是明白殘酷的現實之後，放下之後的快樂吧。

林夕：好啦，如果聽過我的歌讓很多人好像他一樣感到很悲傷，我以前有一陣子願意為此鞠躬道歉，現在我發現我也不必要這樣了。既然你能夠聽過後，發現你自己的悲傷，這也是一場功德。如果你曾經在KTV裡，邊唱邊發現了你的一些悲傷，隨著你的眼淚排掉，我更覺得有點光榮。可是如果你真的不能夠，不能自拔，為了這樣而不能自拔，故意自虐的再重複重複的聽很多遍的話，這個也不是我的責任了。

然後你說那個，有一些歌詞使你覺得很多事情，我們都很無奈的。我想問啊，我不是要辯護，我不是。我是很坦承的想說，你沒發現嗎？這個世界上很多的事情真的不是以我們的意願就能夠改變的，當然我們先要嘗試改變，可是如果你不能改變的話，難道你就去自殺嗎？不行的喔。所以我想說，有一些事情的確是不能夠根據我們的意願去改變的時候，我們就直接面對它，然後想一個方法來把它，剛才我說的放下，或者把它弄掉了。我相信你是還沒看完這本書啊，所以會有這個疑問，就是為甚麼我有一些歌詞是寫悲傷的，但這本書卻說快樂，然後你更意想不到的是，我在今天，我在這裡是講這個快樂。其實中間有差嗎？有矛盾嗎？快樂跟痛苦根本很多時候是並存的，是一種矛盾的並存，而且有些時候是可以很和諧的並存。

因為以我來說，剛才你都有提到的就是，有一些人天生比較幸運，他是很容易快樂的一個人。為甚麼呢？可能因為他比較容易滿足，沒甚麼要求，像這樣的人，我們很衷心的恭喜恭喜。如果我們想說同喜同喜，我想是比較難，因為一個人的性格是比較難改變的。你是一個想太多的人，你是一個思路比較複雜的人，你不會那麼容易得到一種最簡單的快樂。那個時候，每個人如果都有一些不可避免的痛苦時，是不是要先面對自己的痛苦，然後才可以找到那個快樂呢。

我的歌詞當中有很多很傷感的，傷感的歌之中，我覺得我還是曾經很用心的留下一盞燈，一盞燈呢，能夠開的人，就把它開了吧。懂得開的人自然會開的，如果沒有發現的人，我希望他慢慢長大以後，找到哪裡有那個按鈕，然後就不會對今天我說這個快樂的主題，感到甚麼意外。其實，既然有傷感，一定也有快樂。我們的眼光不能夠永遠停留在悲傷的時候，我們當然也要了解一下快樂吧！

Q2：林夕老師，我想先稍微附和一下你剛剛說的。因為老師在書裡的前言還是序言就說到：未知苦焉知樂。一開始我覺得老師都是悲觀，是老師自己說的，老師是因為知道了苦之後，所以說快樂。然後你剛剛說其實在歌詞裡留了明燈，我覺得〈十年〉這首歌裡，那個副歌歌詞就是有這種感覺。因為這十年就算身邊不是為你，也會為別人而流淚，我覺得老師的歌就是有這種感覺，然後其實我沒有問題要問老師，可是我感受到的，就是老師剛才說的。因為老師最後說，即使你寫了這本《原來你非不快樂》，可是你還是有不快樂的時候，你還是沒有辦法做到無念，所以提醒我們念念不忘。我還是很謝謝老師寫了這本書跟我們分享，看老師寫的書，聽老師寫的歌，希望以後還有更多機會。我覺得看完老師的文章，我會想看《道德經》，一些關於老子的東西，所以希望老師有更多機會跟我們分享。謝謝老師。

林夕：謝謝。謝謝。嗯。這個就是當然可以啊。陳奕迅的〈十年〉的確有剛才我說過的那盞明燈。〈十年〉這個歌有夠悲的嘛！很悲啊！可是我的燈在哪裡？按鈕就在最後的兩句。

這個其實你可以聽完這兩句就知道，「我的眼淚不是為你而流／也為別人而流」。這聽起來，不同的人、不同的階段、不同的心境，你可以體會。

聽起來好像眼淚是無可避免的，我覺得很無奈，很悲；可是你從另外一個角度來看，既然你的眼淚不是為這個「你」而流，一個人會一生一世不流淚嗎？那麼，我就想，你的眼淚還是會為另外一個人，或是為別的事情流的時候，那你又何必那麼固執，一定要找回那個曾經讓你快樂，也同時曾經讓你流淚的人回來呢？

這兩句就是這個意思，這個燈就是亮在這裡。你的眼淚早晚會流的話，你在流淚時，眼淚灑在自己身上，那誰跟誰又有甚麼分別呢？就是這個意思。

然後剛才你提到我亮起來的《道德經》。對、對、對，但是我希望有一天我可以寫一本我自己，從我自己觀點，不是那麼學術研究的角度，寫一本我自己看的八十二章《道德經》。從我自己的生活體驗出發，寫這樣子的一本書出來，這個不是承諾啊！

Q3：林夕老師有首歌詞是〈K歌之王〉，這個問題一直困惑了我很久。它副歌是：「我已經相信／有些人我永遠不必等／所以我明白／在燈火闌珊處為甚麼會哭」。

我對於這兩句歌詞非常的納悶，因為燈火闌珊處為甚麼會哭？照道理說，那人卻在燈火闌珊處，應該是件很快樂的事情。那為甚麼會哭呢？這是第一個問題。

第二個問題是，這本書的書名其實很有趣，《原來你非不快樂》用兩個負面的詞去證明說：其實你應該要快樂，這有其他意思嗎？要不然就可以寫作「原來你很快樂」就好了，為甚麼要原來你「非」，用負負得正的方式呢？

林夕：第一個問題，我本來也不打算在這裡解釋。但困擾了你很久了嗎？燈火闌珊處為甚麼一定就等於是找到你那個人呢？你以為是一個人原來在這個燈火闌珊處，「眾裡尋他千百度，驀然回首，那人卻在燈火闌珊處」，可是我沒有說過我是用辛棄疾這個詞的文本來寫進去嘛。燈火闌珊，甚麼叫燈火闌珊，你知道嗎？意興闌珊耶，燈火已經黯淡下來的時候，辛棄疾的主角比較幸運，他驀然回首，在燈光最暗的地方找到他一生最想找最想要的幸福啊，這個詞的好處就是在這裡，我們原來很多幸福都是用找的。這個詞太好了，這就是所謂的

「你現在明白我的苦心了嗎？」而且我希望破除就是你在燈火闌珊一定會甚麼的想法。你嘗試想像一下吧，以後你在寂寞的時候，或是在一個熱鬧的的人群當中，你驀然回首燈火闌珊處，你試試看有沒有一種悟的感覺會讓你想哭呢，那就會明白的了。

然後第二個問題，書名《原來你非不快樂》，為甚麼不變成原來你很快樂呢？

剛才你說兩個負面，不是負面的喔，對不起，這個必須糾正喔，負面就是不好的意思。

「非」跟「不」是沒有好不好啊，如果我說你是非法分子，那個非就是不好，「非」跟「不」就是那個否定句，為甚麼用一個雙重的否定句呢？你可以看看你的口氣。

如果我說你問我現在快不快樂，我說「我很快樂」；但如果我換了另外一個方法，也是雙重否定的否定句來回答你，「我現在不是不快樂」，那就有一點弔詭的意味，而且就因為這個雙重的否定。你會更反省一下甚麼是「不快樂」，甚麼是「不是不快樂」，甚麼是「很快樂」，因為書名的下面一句是：「得你一人未發覺」，原來你自己並非不快樂，只是你沒有發現自己原來不是不快樂，所以這個否定句有它的特別意義。如果我寫一個，我嘗試用一個比較企劃的角度來解釋，比較兩者，那一個會比較 commercial 一點。「原來你很快樂」，我覺得那個吸引眼球的程度一定不夠這個「原來你非不快樂」。

Q4：老師你好，我在你的書裡面看到，覺得目前我們的環境講了太多勵志的東西，然後對你來說，你情願去追求一個不勞善役者不學，那麼，不曉得老師你個人認為就是關於「認真追求」這件事跟「汲汲營營」有甚麼差別？

林夕：我有說過一些，包圍在我們中間的，一些很典型的勵志電影那個問題，或是周圍的人、主流的一種價值觀或是甚麼東西——我們要加油、我們要加油……

我相信沒有看過一部勵志片，主角是很努力的一個人，很用心追求夢想啊，最後，原來輸了。這個結局，我覺得就太真實了。不過，沒有人會拍這樣的勵志電影吧。等於我們的社會整個氛圍也是鼓勵我們汲汲營營的去追求一些夢想。你剛才用到一個常用語——汲汲營營，有營這個字就是經營，對不對？汲汲就是不斷的、很用力的、很急，好像一個海綿一樣的，碰到甚麼就汲甚麼，汲取一些教訓也好，汲取一些利益也好，然後經營一種東西，認真追求，聽起來追求是不是好像高尚一點，偉大一點。

我說公司追求利潤，你聽起來好像，咦，這個不夠偉大，我追求我個人的，找到一個造福人群、拯救世界的一個事業，就好像偉大一點。其實，對我來說是沒差別的，一念天堂，一念地獄，如果你很認真追求的事，你有沒有小心衡量過的，是不是真的只是一個夢想，或是你有沒有想過，就好像我剛才說的那些勵志電影，那些典型的結局一樣，事實是不典型的，你追求的夢想最後有機會像泡沫一樣，爆破了以後，你怎麼辦呢？回到我剛進場的時候說，把事情先做個最壞的打算。很多人啊，或是電影告訴我們，或者是旁邊的成年人告訴我們，生命如果沒有夢想就沒意義了。

我看過很多電影電視，看最嚴肅的，看最不嚴肅的那些偶像劇，都常常有句口頭禪，大致是「沒有夢想的人生就等於一條鹹魚」。我就反對這個，生命的意義難道就在於一個你自己設定的夢想嗎？而且你設定的夢想有想過自己真的想要的嗎？而最重要的一點，我覺得為甚麼跟汲汲營營沒差別，在乎你的一念，就是你怎樣看中間的過程。

我自己覺得追求夢想，最重要的，聽起來好像很土啦，過程比結果重要。而如果你不是用一種享受的心態來享受這個追求夢想的過程，那你這個夢想實現的一刻，其實它又有甚麼意義呢？如果你在整個過程中都用一種在熬苦的心態，當然我們不是不能吃苦啊！可是，你吃苦還是因為你的夢想，而你又覺得這個苦沒法變成樂的話了，這個夢想的追求，我覺得就跟汲汲營營沒有差別了。

可是如果你在追求你的夢想，在過程中你根本完全不享受的，你的夢想成為你的負擔，何必呢？夢想如果讓生命更有意義的話，它應該讓你的明天會更好，應該讓你因為有夢想，就讓當下的你，不是明天會更好，而是現在已經好了。因為我有一個夢想，在過程中，我可能要受一點苦或是需要付出一些代價，可是我是樂在其中的話，它就跟汲汲營營有分別了。因為我是樂在當下，活在當下，而不是為了一個遙不可知未知的一個未來，先犧牲掉現在的我的生命意義或是生活的品質。

一個人的生命全是因緣和合而成

生老病死出於巧合
喜怒哀樂何必固執

把自己看得太大
在天地面前慚愧猶恐不及

何苦之有

跋——我的快樂會回來的

——曾作臺版序文——

「我的快樂，會回來的。」那一年，錦繡二重唱把這八個字唱個翻天覆地，以肯定的語氣，宣告著未知的答案。纏綿往復的呼喚，快樂重來的願望，如輪迴般生了又死死了又生。最後，我的快樂回來了嗎？

「我的快樂，會回來的。」這算是心虛地為自己壯膽，還是在誠懇地催眠自己？聽著那高吭入雲的嗓子，怎麼就像面對偌大的天空，等待走失的風箏墮落在原點——聽著聽著，竟有欲哭的衝動。

後來，他像消失於地盡頭，而我回來了。

「我的快樂，會回來的。」回不來的，只是那些曾讓人快樂的遭遇，如果等待的是時光倒流，事件重演，快樂也只落得一去不回。誰叫我把快樂建築於不斷流動的時地人。

再後來，我把那首歌聽爛了。

「我的快樂，會回來的。」如果不曾把快樂交給他，我也不會感覺到快樂，一旦給了他，那就是他的快樂，再也不屬於我的。有一天，他離開了，不要了，他就失去該有的快樂。我呢？還好，如果我的心才是情緒的樂土，還有很多快樂可以給。來來回回，只要不再叨唸著我的快樂會回來，才會忘了計較樂不樂，樂得自在。

「我的快樂，會回來的，離開不是誰給了誰的選擇。」的確不是誰的選擇，都是我自己的選擇，或忘記了選擇。

寫於香港　22/12/09

國家圖書館出版品預行編目（CIP）資料

原來你非不快樂 / 林夕作.
--初版. -- 台北市：香港商亮光文化有限公司台灣分公司，2024.06
面；公分 --
ISBN 978-626-97879-5-1(平裝)

855 113005857

原來你非不快樂

作者　林夕

主編　林慶儀
出版　香港商亮光文化有限公司 台灣分公司
Enlighten & Fish Ltd (HK) Taiwan Branch
設計/製作　亮光文創有限公司
地址　台北市大安區敦化南路一段170號2樓
電話　（886）85228773
傳真　（886）85228771
電郵　info@enlightenfish.com.tw
網址　signer.com.hk
Facebook　www.facebook.com/TWenlightenfish

出版日期　二〇二四年六月初版

ISBN　978-626-97879-5-1
定價　NTD$450 / HKD$138

此版本於台灣印製 Printed in Taiwan